Ab auf die Insel
... mit Sack und Pack

Ellen Rot

Bibliografische Information der Deutschen Nationalbibliothek: Die Deutsche Nationalbibliothek verzeichnet diese Publikation in der Deutschen Nationalbibliografie; detaillierte bibliografische Daten sind im Internet über http://dnb.de abrufbar.

© 2015 Ellen Rot
Cover: © CD 10.000 Cliparts
Covergestaltung: Bianca Karwatt
Lektorat, Korrektorat & Buchlayout:
Lektorat Buchstabenpuzzle Bianca Karwatt
www.lektorat-buchstabenpuzzle.de

Herstellung und Verlag: BoD – Books on Demand, Norderstedt
ISBN: 978-3-7392-1193-0

Ellen Rot

Ab auf die Insel
... mit Sack und Pack

Inhalt

Inhalt 5

1. Prolog 9

2. Wie alles beginnt 11

3. Endlich ist es so weit 15

4. Der Hausverkauf 20

5. Der Container kommt. 27

6. Mietauto zum Flughafen 32

7. Flughafen und einchecken 35

8. Flug in die neue Heimat 39

9. Ankunft mit Hindernissen 46

10. Die neue Heimat 50

11. Überraschungen 57

12. TV-Kauf 63

13. Die Waschmaschine 67

14. Strom und Notstrom 75

15. Hilfe vom Sohn 77

16. Der Sohn reist ab 84

17. Instandsetzung / Machtkämpfe 92

18. Der Baumeister und die Reparaturen 105

19. Container auslösen 112

20. Autokauf 120

21. Das neue Bett 130

22. Fliesenleger Kalle 137

23. Besuch von Nachbarn aus der Schweiz 140

24. Mein erster Friseurbesuch 150
25. Besuch von Bruno und Karin 156
26. Kosmetik Pumpenhaus 174
27. Familienzuwachs 180
28. Esther, die Perle 194
29. Hausbau Esther 205
30. Besuch unserer Kinder 214
31. Neue Freunde 230
32. Nachtrag 237
Über die Autorin 238

1. Prolog

Ich erzähle hier, was beim Umzug in ein anderes Land, alles vorkommen kann, aber nicht muss.

Es beschreibt, was beim Auswandern alles schief gehen kann.

Haus verkaufen - Hunde an die Boxen gewöhnen - Flugangst bekämpfen.

Mal treiben es in der neuen Heimat die Frösche viel zu bunt oder es brennt eine Palme oder es geschehen noch Zeichen und Wunder.

Nur die Geduld darf man(n)/Frau nie verlieren, denn hier auf der Insel ticken die Uhren etwas anders. Alles hat Zeit, sehr viel Zeit.

Vieles entspricht den Tatsachen. Einiges hätte ich lieber nicht erlebt. Doch eines ist ganz sicher, ich bereue nichts.

Man kann auch mit sechzig Jahren noch einmal ganz von vorne beginnen. Es wirkt, ja was soll ich es sagen, es ist fast wie ein Jungbrunnen.

Die fröhlichen Leute hier, die Musik, die Lebensweise der Einheimischen, diese ist einfach ansteckend.

Mit der Zeit beginnen mein Mann und ich, den Straßenhunden zu helfen.

Das tun wir heute noch. Und es werden immer mehr. Ein Herz für Tiere besitzen wir beide. Mein Göttergatte kocht für die Hunde, ich pflege und verwöhne sie.

Die ersten Erlebnisse als Zuwanderer auf der Sonneninsel. Heiter, komisch und doch so real wie möglich. Genauso wie wir zwei alles Empfinden.

Der Erlös von diesem Buch wird gespendet.

2. Wie alles beginnt

Immer wieder sind wir in der Dominikanischen Republik in den Ferien. In Hotels oder wir sind zur Miete in einem Haus, damit wir frei und unabhängig sind. Wir mieten uns einen Wagen und erkunden die Insel. Nach drei Wochen ist es an der Zeit, wir müssen zurück. Jedes Mal überkommt mich dasselbe Problem, ich will nicht gehen. Nein ich sträube mich, streike und will einfach nicht zurück.

Natürlich weiß ich, ich kann nicht einfach hier bleiben. Das geht doch gar nicht. Erstens ist da die Sehnsucht nach meinen zwei Hunden. Zweitens ruft die Arbeit. Und drittens erwarten unsere Kinder, dass Mami und Papi wieder im Lande eintrudeln. Meinen Mann lass ich auch nicht einfach so im Stich.

Wir sehnen uns nach der Insel, kaum sitzen wir im Flieger, der uns Richtung Heimat bringt. Entweder packt einen das Eiland oder nicht.

Beim dritten Ferienaufenthalt kauft mein Mann ein Haus.

Das Gebäude ließ ein Mann bauen, half bei jeder Gelegenheit mit. Es entstand nach seinen Ideen. Damit er nicht immer in Hotel übernachten muss, wenn er für ein bis zwei Monate auf der Insel weilte.

Ein Ferienhaus so zu sagen. Dazu kam es leider nie, da der Herr schwer krank wurde.

Der Hauskauf von meinem Partner führt aber zu heftigen Diskussionen. Ich will dieses Haus nicht, es kommen einige große Mängel zum Vorschein. Diese zu beheben, kostet uns sehr viel Geld. Die Mahagonifenster sind am zerfallen. Morsch, sodass man mit den Fingern Löcher bohren kann. Das Badezimmer ist veraltet und viel zu klein. Der große Garten gleicht einer Steinwüste.

So stelle ich mich gegen meinen Mann, was im Normalfall eher selten vorkommt.

»Ein Haus jetzt schon kaufen? Unbewohnt? Das leer steht, außer den drei oder sechs Wochen, in denen wir dort die Ferien verbringen. Das Haus wird noch mehr verkommen. Du weißt, es dauert noch einige Jahre, bis wir auswandern können, Punkt«, versuche ich meinen Gatten umzustimmen. Mein Mann setzt sich durch. Oder habe ich klein beigegeben? Man weiß es nicht. Friede herrsche.

So kommt es, dass wir jedes Jahr, für drei oder mehr Wochen im Haus schuften. Beide sind wir am Streichen, Reparieren, Umbauen. Mein Mann mauert im Garten, verlegt Rasen, den man auf der Insel am Stück in der Gärtnerei kaufen kann. Das sind keine Ferien, das ist harte Arbeit. Es bereitet uns Spaß zu sehen, was da so entsteht. Viel von der abwechslungsreichen Insel können wir zu einem künftigen Zeitpunkt immer noch anschauen. Natürlich haben wir schon einiges gesehen. Und es gefällt uns immer mehr hier auf der Insel in der Karibik. Jetzt in den Ferien ist das Haus wichtig.

Der Baumeister wird sich darum kümmern. Er bekommt den Auftrag, wenn wir in der Heimat in unserem Restaurant arbeiten, dass er in der Zeit alles erledigt. Genau nach Plan. Ich zeichne für den Baumeister eine Art Bauplan, wie das Badezimmer nach dem An-und Umbau auszusehen hat. Die Küche vom Haus ist die reinste Katastrophe. Ein geschlossener Raum mit einer kleinen Durchreiche. Eine Suppenschüssel passt niemals durch die Öffnung. Also entscheiden wir uns: Die Wand muss raus. Ein Bogen wird nach meiner Skizze entstehen, der den Bereich, Wohnzimmer - Küche optisch abtrennt. Wir glauben fest daran, vertrauen. Doch es kommt alles anders, nur wissen wir das zu diesem Zeitpunkt noch nicht. Mit einer Liste beauftragen wir den Baumeister, folgende Arbeiten auszuführen: das Dach, die Fenster, der Garten, mehrere Terrassen, das Grillhaus, den Gartenschuppen, die Palisaden, das Badezimmer, die Zimmer umbauen, die Gästetoilette, der Hundepool, der Küchenumbau und einiges mehr.

Wir verbringen nur in den Wintermonaten, für drei oder sechs Wochen im Jahr, unseren Urlaub auf der Insel. Deswegen hat nicht immer alles so geklappt, wie wir uns das vorgestellt haben. Wie sagt man so schön? Vertrauen ist gut, Kontrolle ist besser. Das ist in unserem Fall nicht möglich. Zuversichtlich verlassen wir uns auf die Zusagen und die Fotos, die man uns per E-Mail zukommen lässt. So unkompliziert ist das mit dem Auswandern nämlich nicht. Erst einmal müssen wir in der Schweiz ja noch schuften, unser tägliches Brot verdienen und Geld zur Seite legen.

Das Schicksal schlägt manchmal sehr schnell und unverhofft zu. Und das tut es genau bei uns.

Mein Mann muss sich die Schultern und die Knie operieren lassen. Gehören wir jetzt zum alten Eisen? Arbeiten darf er nicht mehr. Unser Restaurant geben wir auf, die Insel sieht uns wohl rascher wieder, als wir denken können.

Freuen kann ich mich darüber nicht direkt. Denn meinem Mann geht es sehr schlecht. Das Restaurant einfach so aufgeben? Nicht mehr kochen? Zu Hause herumsitzen? Das ist nichts für meinen Gatten. Was bleibt zu tun? Wir verkaufen alles. Inventar vom Restaurant und unser Haus. Dominikanische Republik wir kommen.

3. Endlich ist es so weit

Nun müssen wir für uns alle Papiere zusammentragen. Mit Stempeln versehen lassen. Alles ist selbstverständlich mit Kosten verbunden. Schweizer Bürokratie gleicht der auf der Insel. Man wird von Pontius zu Pilatus geschickt und je kleiner der Stempel, umso mehr Schweizer Franken kostet dieser. Unsere Kasse leert sich in Windeseile. Gottfried Stutz, was so viel heißt wie, ach du Schande.

Das Konsulat konsultieren. Visum beantragen, was die Dame auf der dominikanischen Botschaft in Bern uns DRINGEND angeraten hat. Natürlich kostet auch ein Visum für zwei Personen das Geld.

Die Hunde müssen an die Box gewöhnt werden. Zum Tierarzt fahren wir mit den beiden, sie brauchen ebenfalls etliche Formulare und Impfungen mehr, als in der Schweiz üblich sind. Pässe für uns Auswanderer erneuern oder verlängern. Das dauert und dauert. Ich denke und sage das auch zu meinem Mann.

»Die Pässe kommen nicht mehr vor dem Abflug.« Er beruhigt mich, was keine einfache Sache ist. Die Pässe können wir genau zwei Tage vor der Abreise auf dem Konsulat abholen. Spannend und für mich nervenaufreibend. Ich glaubte längst nicht mehr an ein Wunder.

Täglich sind wir auf der Piste. Mit gefülltem Geldbeutel starten wir den Tag und abends ist Ebbe in der Geldbörse.

»Ein Loch ist im Eimer«, singe ich oft, damit ich mich nicht aufrege. Hat die ein Loch oder wo ist das Geld hin? Unsere beiden Hunde merken, dass da etwas auf sie zukommt. Sie verhalten sich nicht wie üblich, nein, wir Ernährer können uns nicht mehr frei im Haus bewegen. Ob zur Dusche, Toilette oder sonst wohin, immer ist der Begleitschutz zur Stelle. Wird schon fast lästig, dieser Verfolgungswahn. Nachts stolpere ich einige Male über die großen mit Fell bekleideten Bettvorleger, die unruhig vor sich hin schnarchen.

Haus räumen. Was nehmen wir mit, was möchten die vier Kinder? Ein Haus auf drei Etagen leer zu räumen ist mühsam. Entscheidungen treffen, was geben wir weg, was verkaufen wir oder verschenken wir die Sachen schlussendlich? Doch wer will lediglich gebrauchte Möbel? Das ist schon recht stressig. Das merken auch die beiden Hunde Bonita und Joya.

Wie jedermann weiß, benehmen sich zumal kleine Kinder, wenn Besuch kommt, am unmöglichsten. So ist das auch mit den Vierbeinern.

Einiges was schon verpackt ist, können wir im ganzen Haus zusammensuchen. Zerfetzte T-Shirts, Socken und Pullis liegen herum. Papier wird zu Konfetti verarbeitet. Die Hunde zeigen, dass sie im Moment viel zu wenig beachtet werden. Das ist wohl ihre Rache, aber nicht die der Götter!

Die Hunde an die Flugbox gewöhnen? Zuerst müssen wir der Größe der Hunde entsprechende Flugboxen kaufen. Beides sind keine kleinen Vierbeiner. Joya eine Golden Retriever-Dame und Bonita eine Berner Sennenhund-Dame. Die passenden Boxen finden wir bei einer Bekannten, die ein Geschäft für Hunde und Katzenartikel besitzt.

In meinem Wagen haben die Kunststoffboxen keinen Platz, da ich im Kofferraum die Abtrennung für die Zwei habe. Nach der Schweizer Vorschrift für Automobilisten mit Hunden.

Im Auto von meinem Mann bringen wir die Behältnisse mit Müh und Not unter. Auseinanderschrauben, stapeln, Heckklappe mit einem Seil zubinden. Nun rasch nach Hause fahren und unter keinen Umständen auf eine Polizeistreife treffen. Jetzt heißt es, die beiden an die Boxen zu gewöhnen.

Wir schrauben die beiden Teile nicht zusammen. Stellen erst einmal nur die unteren Bodenteile auf die Schlafplätze der beiden Vierbeiner. Ich suche zwei weiche nicht rutschende Matten, lege diese hinein.

Bonita und Joya schauen uns neugierig zu. Wir lassen die beiden gewähren und gucken, was geschieht. Der Kunststoffgeruch der neu erstandenen Flugboxen ist wohl für deren Spürnasen sehr unangenehm. Nun heißt es abwarten, schauen, wie die Tiere reagieren. Einige Zeit später drapiere ich Leckerlis in jede einzelne Box mit dem Kommando: Suchen. Sind die beiden mutig genug? Lockt die Köstlichkeit sie in die Unterteile der Boxen? Ja. Die Zwei, angelockt vom Duft der Leckerlis, suchen und finden. Abends füttere ich die beiden dort. Erst als sie keine Angst mehr zeigen, schrauben wir die Oberteile auf die Boxen. Dasselbe Spiel beginnt von vorne. Auch hier wird gewartet, bis sie die Flugboxen als normalen Schlafplatz dulden.

Nun kommt die Zeit in der die Hunde in die Boxen müssen. Kauknochen liegt bereits drinnen. Das Türchen wird für einige Minuten verschlossen. Die Zeit mit der verriegelten Tür verlängere ich stündlich. Nach Wochen gehen die Hunde freiwillig rein und raus. Sie akzeptieren die Flugboxen. Geschafft.

Das Haus leert sich. Anna kauft den Granittisch. Das Wasserbett findet auch einen neuen Besitzer. Die Kinder teilen sich die Gegenstände, die sie interessieren. Ein Transporter wird gemietet. Die Möbel, das Fernsehgerät, Polstergruppe, Geschirr und diverse

Kleinartikel, wird bei jedem der Sprösslinge vorbei gebracht. Nur mit deren Mithilfe.

4. Der Hausverkauf

Das Einfamilienhaus verkaufen, dennoch nicht zu einem Ausverkaufspreis. Wir suchen solvente Käufer. Erst einmal versuchen wir, es selbst in die Hand zu nehmen. Es gibt genügend Inserenten im Internet. Spezielle Seiten, wo wir das Gebäude ausschreiben können. Diese Seiten sind zum Teil kostenlos. Andere kosten mehrere Schweizer Franken. Vor allem gibt es auf den Gratisseiten unzählige Häuser zu verkaufen. Viele Vermittler rufen uns immer wieder an. Die möchten durch den Verkauf eine gute Provision einsacken.

Oder diese dubiosen Geschäftemacher. Die haben so ihre Masche. Die rufen an, sie würden für einen reichen Araber arbeiten, der Häuser aufkauft. Man muss aber für den Termin beim Notar nach Mailand reisen. Dort sei ein Treffen in einem der besten Hotels. Dann soll nur eine Anzahlung von zehn Prozent vom Verkaufswert fällig sein. Der Vertrag, der leider in Arabisch ist, für uns Hieroglyphenschrift, wird dort unterzeichnet. Die Übersetzung mit Falschangaben des Dokumentes wird dazu gelegt. Der Käufer will anonym bleiben und zahlt das Haus zu einem sehr viel höheren Preis, als der Marktwert ist, in bar. Wer es glaubt, wird selig.

Zum großen Glück kam einige Wochen vorher ein Bericht im Fernsehen. Die Sendung Akte klärte über diese Bande auf. Akte will alle vor solchen dubiosen Geschäftsleuten warnen. Geld und Haus ist man im Handumdrehen los. Man weiß ja nie, von wo aus die überall die ihr Unwesen treiben.

Zum großen Glück haben wir die Finger davon gelassen. Doch dieser Typ ruft immer wieder an. Gibt keine Ruhe. Egal, abheben, hören, wer sich meldet, und auflegen. Nicht die Nerven verlieren. Ruhig bleiben.

Nachdem ich ein Onlineinserat im Internet auf eine der ungezählten kostenlosen ›Seiten‹ freischalte, passiert so einiges.

Rucksacktouristen, die einem sonderbaren Sonntagshobby nachgehen. Häuser besichtigen. Denn sie wissen nicht, was tun. Was mit ihrer freien Zeit an einem Sonntag anzufangen. Natürlich erscheinen diese mit Sack und Pack, und wenn möglich mit ihren zahllosen Rabauken.

Es kommen auch normale Leute, die nur zu meckern haben. Stellten wir diese Personen auf den Kopf, käme kein Franken aus der Hosentasche. Dazu kommt, dass immer wieder fremde Leute durch das Haus trampeln. Ihre schmutzigen Schuhe ziehen die nicht aus. Die müssen ja hinterher nicht selber putzen.

Die einen glauben, das Haus ist gratis zu haben, andere wiederum glauben, wir seien Araber, die stundenlang ohne jegliche Scham um den Preis feilschen. Was uns wiederum nur Zeit und Nerven kostet. Wieder andere kommen mit Kind und Kegel. Den gefüllten Rucksack umgeschnallt. Damit, falls die Kinder schreien, gleich Schokolade zur Hand ist. Die Kinder sind so gut erzogen, dass die mit den schokoladeverschmierten Händchen alles anfassen. Mit den Patschhändchen öffnen sie alle Schubladen, grapschen Fenster an, im Zimmerbrunnen werden Wasserspiele veranstaltet. Tümpel bilden sich auf dem Fußboden. Die Eltern? Froh, dass sich die Kleinen so gut amüsieren. Super, danke. Freude herrscht. Danach ist entweder eine Totalreinigung mit Farbe ausbessern oder eine Renovation angesagt.

Solche, die benehmen sich, als sei es bereits ihr Zuhause.

Alles benutzen, ausprobieren, was nicht niet- und nagelfest ist. Legen sich in und auf unser Wasserbett. Probeliegen? Schaukeln? Einschlafen? Geht es noch?

›Hallo, in dem Bett übernachten wir noch‹, denke ich. ›Wir wohnen hier. Bin ich im falschen Film angelangt?‹

Dass die Interessenten nicht gleich beginnen, sich zu entkleiden, ist ein Wunder. Denn deren Kinder sind ja jetzt im Garten unterwegs und graben die mühsam von uns eingepflanzten Pflanzen wieder aus. Einfach unverschämt.

So haben wir keine Nerven mehr, den Hausverkauf selbst zu organisieren. Wir möchten nur so schnell wie möglich in die Wärme der Karibik. Ich mit meinem Rheuma, der Arthrose und diversen Operationen am Rücken und im Halswirbel. Meinen Göttergatten tut die Wärme auch besser. Das Klima in der Schweiz, vor allem der Winter, ist für uns langsam unerträglich. So suchen wir einen Makler. Schleunigst. Doch nach Wochen bringt auch er keine solventen Käufer.

Von Freunden erhalten wir einen wertvollen Tipp. Die beiden verkauften ihr Elternhaus, in dem sie einen Tag der offenen Tür organisierten. Genau das setzen wir nun in die Tat um. Neue Hoffnung überkommt uns. Eine unbeschreibliche Energie ergreift uns. So und nicht anders stellen wir das mit dem Makler auf die Beine. Der Erfolg wird uns recht geben. Der Tag X kommt. Tag der offenen Tür.

Wieder ist putzen angesagt. Der Garten wird hergerichtet und dekoriert, als würden wir eine Sommerparty starten. Nur das Fleisch fehlt auf dem Grill. Den schmeißen wir erst an, wenn einer zusagt, versprechen wir uns. Spucken einander über die Schulter, drücken alle Daumen, die wir finden, und hoffen.

Die beiden Hunde sperren wir in das Gartenhaus. Damit müssen sie sich zufriedengeben. Natürlich bekommen die Hunde einen leckeren Knochen, damit sie beschäftigt sind.

Aber wenn da einer ins Gartenhaus schaut, dann gibt es Rabatz. Es kann ja sein, dass ein Besucher die Knochen klauen will. Das Gartenhaus haben wir vorsichtshalber abgeschlossen. Gebrannte Kinder ...

Doch die Fenster reichen ja auch schon. Guckt einer rein, dann beginnt der Verteidigungskampf mit unbekanntem Ende.

Und siehe da, ein erstes Paar erscheint eine Stunde zu früh, zur Besichtigung.

»Wir kommen zu früh, dürfen wir schon hereinkommen, den Garten anschauen«, ruft der Mann vom Gartentor her. Ursprünglich wollten wir in Ruhe eine Tasse Kaffee trinken und ein Sandwich zu uns nehmen. Dass der Verkauf vorgeht, versteht sich von selbst.

»Klar treten Sie ein. Schauen Sie sich ungestört im Garten um. Es wird noch einige Zeit dauern, bis die anderen eintreffen«, antwortet mein Mann dem Paar.

»Wir möchten auf jeden Fall zu den Ersten gehören. Ihr Anwesen gefiel uns schon im Inserat. Der Garten ist ein Traum«, schwärmt die Besucherin. »Das ist genau unser Traumhaus.«

Wir lassen die Zwei ungestört durch den Garten wandern. Trinken derweil unseren Kaffee und essen die Brote.

Pünktlich kommt auch der Makler. Es folgen weitere Besucher, die sich Haus und Garten anschauen. Es geht zu und her wie in einem Bienenhaus. Ab und zu höre ich die Hunde bellen, rasch eile ich in den Garten, um nach dem Rechten zu sehen. Ich möchte keine Verletzten, sondern einen Käufer. Überzeugt, dass alles in Ordnung ist, rase ich zurück ins Haus um Mäuschen zu spielen. Ich muss doch wissen, ob ein Interessent unter den Anwesenden weilt. Wir staunen nicht schlecht über den Erfolg, einen Tag der offenen Tür, zu veranstalten. Getränke stehen für alle parat. Fotos, Preisliste mit dem Verkaufsdatum, Baupläne liegen auf dem Tisch. Gegen vierzehn Uhr verlassen die ersten Besucher unser Haus. Einige mit den Worten: »Wir melden uns.« Andere sang- und klanglos.

Ein zweites Paar mit drei Kindern will das Haus unbedingt kaufen.

Mein Göttergatte meint zu mir: »Wer zuerst kommt, mahlt zuerst. Wenn der Preis stimmt.«

Das Duo, das frühzeitig am Gartentor stand, erhält das Einfamilienhaus. Mit den beiden besteht der Kontakt heute noch.

Das Paar ist überglücklich, so ein schönes, gut gebautes Haus zu besitzen, mit einem Garten, der wie im Paradies ist. Und da die neue Besitzerin, als Hobby eine Engelssammlerin ist, passt das alles wunderbar in diesen Garten. Die verschiedenen Winkel, Ecken und das Biotop, alles super. Bei einem Umtrunk plaudern wir noch Stunden zusammen. Ein Termin wird ausgemacht, wann es am besten passt, den Notar aufzusuchen. Glücklich strahlend gehen die Käufer nach Hause.

Der Verkauf verläuft reibungslos. Jetzt können wir den Flug für den 08.12.2010 buchen. Für unsere Hunde, Joya und Bonita gibt es noch zwei freie Plätze im Frachtraum. Ohne die Vierbeiner wandern wir nicht aus.

Die neuen Besitzer möchten gerne schon etwas in den Keller oder in einen der ausgeräumten Räume stellen. Natürlich haben wir das den beiden gestattet.

Annas Engelskollektion steht jetzt in allen Größen und Varianten im Haus und Garten. Der größte Engel misst über zwei Meter. Ihr Mann, Hans, schafft die gewichtigen Engel zu transportieren, um diese danach zu platzieren. Die Zwei sind überglücklich. Wir gönnen es den sympathischen Käufern von Herzen und sind froh, es genau ihnen verkauft zu haben.

5. Der Container kommt.

Wochenlang haben wir das Haus geräumt und mit uns gekämpft. Es kommt immer mehr Material zusammen, was mit muss. Mein Göttergatte will unbedingt die ganze Werkstatt einladen. Jeden Nagel, jede Schraube, alle Maschinen, Kabel, Lichtschalter; das Ganze in den Jahren gesammelte Material soll mit auf die Insel. Er fährt sogar extra noch in verschiedene Baucenter, um sich noch mehr Material anzuschaffen. Man kann ja nie wissen.

Ich hingegen will doch nur alle meine unzähligen Bücher mitnehmen. Doch da hat mein Mann etwas dagegen. Bitte, wenigstens das ganze Hundezeugs, muss mit. Das lässt er auch zu. Auch so manche allerliebste Lektüre darf mit. Sämtliche Wäsche, alle Kleider (Sommer und Winter); alle Schuhe, auch die gefütterten. Ledermantel mit Lammfell-Innenseite. Es kann ja mal kalt werden oder gar schneien. Klimawandel oder so. Was wir gar nie benötigen, bekommen die dortigen Einheimischen geschenkt. Dominikaner und Haitianer frieren sehr schnell.

Es werden Gartenschlauch, Geräte, Tisch, Stühle aus Plastik und der Schweden-Ofen im Garten bereitgestellt. Sicher kann man einen solchen Ofen in der Karibik nicht kaufen. Doch da irrten wir uns gewaltig. Völlig falsch zu glauben, dass es in der Dominikanischen Republik keine Einkaufscenter gibt. Mittlerweile bekommt man fast alles, was das Herz begehrt. Doch das wissen wir Gringos nicht, man hat uns falsch informiert. Allerdings ist es gut, dass der Ofen mit eingepackt wird. So kann man in der Regenzeit das Haus und die Wäsche trocken.

Grüncontainer, Generator, Heckenschere, Leitern, einfach alles, was mein Mann zusammenträgt, muss mit. Da haben meine Sachen nur noch wenig Platz. Der Wintergarten wird zur Lagerhalle umfunktioniert. Später haben wir gemerkt, dass man am besten alles mitgenommen hätte. Auch all meine geliebten Bücher.

Der Container fährt vor. Alles, was wir in tagelanger mühseliger Schufterei eingepackt haben, wird wieder ausgepackt. Anders verpackt. Jetzt kommt der Clou: weil das so verlangt wird von der Transportfirma. Es braucht spezielle Schachteln. Keine Bananenkisten, nein, die sind verboten, Ungeziefer-Gefahr, Parasiten!

Die Firma schickt drei Männer. Der Container steht vor der Garage auf dem Parkplatz. Die Männer kontrollieren jedes einzelne Stück. Eine Bestandsliste wird aufgenommen, alles nach der Norm verpackt. Dabei wird alles mit viel Sorgfalt behandelt. Alle Kisten beschriften die Arbeiter. Es darf leider nicht alles mit. Die Liste ist in drei Sprachen verfasst. Bei den Maschinen muss die Marke plus Seriennummer vermerkt werden. Spraydosen, Feuerzeuge, Lacke und brennbare Flüssigkeiten/Pasten werden entfernt. Nun beladen die Männer den Container. Die machen das nicht zum ersten Mal. Die Routine zeigt es. Dass es da im Quartier gaffende Zuschauer gibt, ist uns egal. Denn nur einige Freunde wissen, wohin die Reise geht.

Natürlich werden die Männer mit Kaffee und dick belegten Broten verwöhnt. Es ist übrigens der Jahreszeit entsprechend bitterkalt. Alle Türen stehen offen bei minus zwei Grad. Zwischendurch kommt Hans, der neue Besitzer, immer wieder mit neuen Kisten vorbei. Er bringt diese schon in ein leeres Zimmer. Im Garten stapeln sich die Sachen von uns. Doch auch Hans hat dort schon seine Gartenmöbel deponiert. Es herrscht das perfekte Chaos. Nicht, dass das falsche Material eingeladen wird. Der Container wird drei Wochen vor Abreise von uns Auswanderern auf das Containerschiff verladen. Der muss auf der Insel sein, wenn wir zwei in unserem Haus ankommen.

Unsere Möblierung besteht nun nur noch aus einem aufblasbaren Bett im Wohnzimmer. Die zwei Hundeboxen stehen direkt neben dem Luxusbett. Einen Fernsehapparat haben wir vorläufig behalten, der dann beim Wegzug einer der Söhne übernimmt.

In der Küche gibt es noch einen kleinen Tisch und zwei Stühle. Eine alte Filterkaffeemaschine, zwei Tassen, zwei Teller. Es gibt nur noch Fast Food zu essen.

Die Hunde werden immer unruhiger. Laufen durch das Haus und sehen sich suchend um. Irgendetwas stimmt da nicht mehr. So liegen wir bequem auf Luft gebettet, abends im Bett. Schauen einen Film im TV, ohne genau zu wissen, was wir uns ansehen. Jeder denkt an das Gleiche. Tun wir das Richtige? Wie wird es Bonita und Joya dort ergehen? Nachts versuchen die zwei Hunde immer wieder, auf das aufgeblasene Luftbett zu klettern. Komisch, denn normalerweise tun sie das nie. Auch sie spüren die Unsicherheit, das Angstgefühl, die Unbehaglichkeit, die uns befallen hat. Alles zurück zu lassen. Klar, die Kinder sind alle erwachsen. Wir trösten uns, dass alle Skype installiert haben und die jungen Erwachsenen jederzeit in den Ferien zu uns kommen können.

Dann kommt der Tag der Tage. Am Abend zuvor haben wir ein Abschiedsessen mit unseren vier Kindern organisiert. Die Vier stehen nun auf eigenen Füßen, Beruf, Freunde, Freundinnen, stehen am Anfang von Ihrem eigenen Leben. Erst sind wir alle lustig und es werden viele Sprüche geklopft. Doch dann kommt der Abschied, der ist richtig hart für alle. Fotos werden geknipst. Tränen fließen.

Jedes der Jugendlichen bekommt einen Umschlag in die Hand gedrückt. Mit der Information: BITTE ERST AN WEIHNACHTEN ÖFFNEN.

Die Sprösslinge erhalten zum Abschied ein Geschenk. Geld für ein Flugticket in die Dominikanische Republik beigelegt.

6. Mietauto zum Flughafen

Am Vorabend wird ein passender Kleinbus gemietet, sodass auch die riesigen Hundeboxen gut zu verstauen sind. Was mein Mann mir am selben Abend zusichert: »Ich habe die Ladefläche vom Auto selbst kontrolliert.«

Um fünf Uhr in der Früh können wir nicht mehr schlafen. Raus aus dem schaukelndem, Luftmatratzenähnlichem Bett. Da wird man seekrank, wenn sich der Partner im Schlaf dreht. Luft aus dem Bett lassen. Alles, was noch herumsteht, wird zusammen gekramt. Hunde im Garten herum toben lassen, denn der Flug allein dauert zehn Stunden. In RUHE noch eine oder zwei Tassen Kaffee trinken. Nachschauen, ob alles eingepackt ist. Zum hundertsten Mal nachsehen, ob die Tickets in der Tasche sind. Immer wieder zur Toilette rennen.

FLUGANGST, ich stehe dazu. Das beginnt bereits drei Wochen vor der Abreise. Mein Magen spielt schon verrückt, wenn ich nur an ein Flugzeug denke. Doch in schöner Regelmäßigkeit fliegen wir in die Karibik. Ich setzte mich jeweils in den Flieger und hielt durch. Nur, es wird bei jeder Flugstrecke grauenhafter.

»Heimatland, wie überstehe ich die Flugreise? Es ist der letzte Flug, den ich durchstehen muss«, sage ich mir Mal für Mal.

Ob mir das hilft? Im Moment wahrlich nicht. Extrem zittrige Hände, die ich kaum unter Kontrolle bekomme.

Mein Magen spielt verrückt, dreht sich im Kreis. Na ja, da muss ich durch.

Unsere drei Jungs kommen pünktlich, um uns beizustehen. Die Tochter will sich den Abschied nicht so erschweren. Sie verabschiedete sich bereits am Vorabend. Einer der Jungs möchte mit auf die Insel, um uns zu entlasten.

Der Mietwagen sieht an diesem Morgen aber ganz anders aus, wie erwartet und versprochen. Da noch eine Scheibe, die den Kofferraum von den acht Sitzplätzen trennt, finden die zwei Hundeboxen im Kofferraum keinen Platz. Also müssen die drei Männer die Scheibe, die zum Glück abnehmbar ist, abbauen und zur Seite legen.

»Einschlagen! Ich hol den großen Hammer«, rufe ich, denn die Zeit wird knapp.

Bis die Männer wissen, wie das Herausnehmen der Scheibe funktioniert, vergehen sicher nicht nur fünf Minuten. Jeder der Drei weiß es besser, die Zeit rast dahin. Meine Nerven werden auf eine harte Probe gestellt.

»Himalaya«, fluche ich leise vor mich hin. Setze mich zu den Hunden auf den mit Schnee bedeckten Boden. Spreche leise zu den Vierbeinern und werde langsam wieder etwas ruhiger. Die Hunde eher nicht. Gedankenübertragung.

Die Truppe verliert ja NUR eine halbe Stunde, bis man losfahren kann. Die halbe Stunde ist allerdings eingeplant für Kaffee und Pinkelpause, vor allem für die Hunde. Nach unendlich langer Zeit, die mir vorkommt wie Stunden, können wir alle in das Fahrzeug steigen. Zwei der Boxen platziert man im Kofferraum, die andere im Fond des Wagens. Die Scheibe legen wir in den Durchgang zwischen den Sitzreihen, so ist diese geschützt und kann nirgends hinfallen. Wir suchen uns die Sitzplätze aus, die Reise kann losgehen. Richtung Zürich, Flughafen Kloten.

Eine gemütliche Fahrt können wir vergessen. Rasen ist angesagt. Auf der Autobahn zum Flugplatz: Stau! Was genau zu diesem Morgen passt.

Es wird immer knapper mit der Zeit. Diese Baustellen wurden sicher genau für uns Auswanderer gestern in Angriff genommen, damit wir die Schweiz in ›guter‹ Erinnerung behalten. Typisch, das muss ausgerechnet uns passieren. Also wird die Fahrt zum Höllentrip ohne Pinkel-Halt.

7. Flughafen und einchecken

Endlich! Der Flughafen ist in Sicht. Die Parkplatz-suche beginnt. Erschwert wird die Suche mit einem solchen Gefährt. Bei den Bussen dürfen wir nicht parken. Entfernter sichtet mein Mann freie Parkmöglichkeiten. Auto parken, Parkschein am Automaten ziehen, ausladen.

Wer von uns geht auf die Suche nach zwei Trolleys für die zahllosen Koffer, all die unzähligen Gepäckstücke? Einen Gepäckwagen für die Hunde? Gute Frage. Los, alle Männer beteiligen sich bei der Suche. Die Zeit wird verdammt knapp. Ich bleibe bei Bonita, Joya und unseren Habseligkeiten. Die Vierbeiner müssen mit Sicherheit in absehbarer Zeit aus den Boxen. Joya und Bonita gegebenenfalls die Beine zu bewegen, vor dem eine halbe Ewigkeit dauernden Flug. Entleeren, nicht dass es im Frachtraum eine Überschwemmung gibt. Klar, zu essen bekommen sie nichts mehr. Wasser gab es am Morgen und das muss jetzt auch wieder raus.

Nach endlos bangen Minuten findet mein Mann zwei Trolleys. Aufladen und ab durch die Mitte.

Die Suche beginnt aufs Neue. Ein gut gelaunter Herr, was in der Schweiz kaum zu glauben ist, kommt uns Auswanderern zu Hilfe. So finden wir den Check-In für Hunde. Super, jetzt kaufen wir noch zwei kleine Flaschen Wasser, damit die Vierbeiner was zu trinken bekommen.

Man sagt uns, dass jemand während des Fluges nach den Hunden schaut.

Der Typ am Check-In meint: »Sie können noch genau zehn Minuten mit den Hunden spazieren gehen.« Das Glück ist auf unserer Seite.

Die erste Tat: Fellnasen aus den Boxen raus, anleinen und ab nach draußen. Joya und Bonita sind keine Beton-Pinkler, nein, sie brauchen grünes Zeugs unter den Pfoten, sonst können oder wollen die Hunde nicht Wasser lassen. Es gibt aber keinen grünen Fleck, nicht mal einen winzigen. Nur Beton weit und breit, wie auf Flughäfen so üblich. Gar nicht hundefreundlich.

Also gut zureden: »Kommt, befolgt brav meinen Rat. Bitte, bitte, Wasser lassen! Kommt, macht doch was, und wenn es nur ein Tropfen ist!« Nichts, die Rabauken streiken. Meine Geräusch-Kulisse »Psss, psss« hilft auch nicht. Die Zeit wird knapper, also müssen die Lieblinge abermals rein in die Boxen, ab in das Getümmel vom Flughafen. Durchkämpfen müssen wir uns mit den schwer beladenen Wagen. Die Hunde werden abgegeben, was mir fast das Herz bricht.

»Es ist so hart, der ellenlange Flug«, jammere ich und meine nicht nur die Hunde. Ich darf den Hunden nicht nachschauen. Es fällt mir so schwer.

Nun kommt der große Abschied von den Jungs und Tränen fließen im Überfluss. Ein winziger Tümpel ist entstanden zu unseren Füßen. Wann sehen wir euch wieder? Frühestens an Ostern, dann kommen die Kinder zu uns in die Ferien in ein Hotel. Nur wissen das die Nachkommen noch nicht. Wir drei hetzen zu den Gates, der Weg dorthin will nicht enden. Schneller, wir wollen noch Fluglektüre kaufen und einen Glimmstängel anzünden.

»Süchtige«, klärt uns unser Sohn auf, der uns in die Karibik begleitet.

Nein, daraus wird nichts. Können weder eine Zeitung kaufen, noch eine Zigarette rauchen. Anstehen für das grüne Einreiseformular, zwanzig Dollar hinblättern und ab in den Flieger. Der Flug wird seit einiger Zeit ausgerufen, es fehlen noch drei Passagiere. Namen der drei Passagiere hört man durch den Lautsprecher. Wer das wohl ist? Keinen blassen Dunst, wieder solche Langweiler.

Meinen die uns drei? Man weiß es bis heute nicht. Hauptsache, alle sitzen im Flieger. Die einen mit Freude, andere mit einer unheimlichen Angst.

Flau, ganz flau wird mir. Kreideweiß ist mein Gesicht. Wieder andere in Ferienlaune und solche, die sich schon im Flughafen Mut antranken. Wenn das nur gut geht!

Ein Stoßgebet schicke ich hinaus in den Himmel. Es bleibt nicht bei dem Einen. Nun gibt es kein Aussteigen mehr.

»Nur Mut Mami, es ist noch kein Flieger in der Luft geblieben, alle kommen irgendwie herunter«, meint Sohnemann.

Genau das, ja genau das brauche ich nun. Solche Sprüche, die mir so passend Mut zusprechen.

8. Flug in die neue Heimat

Und wieder banges Warten. Wobei der Arm von meinem Mann sich sehr gut dazu eignet, um mich festzukrallen. Jetzt darf es nur nicht rumpeln, nein, das darf es nicht, sonst hat mein Göttergatte keinen Arm mehr, wenn wir auf der Insel ankommen. Blut-überströmt wird er dann aus dem Flieger steigen, alle werden ihn mitleidig anschauen und mich verachten, stell ich mir vor.

Jederzeit kämpfte ich bei all diesen vielen Flügen gegen die Flugangst. Alles versucht: Atemtechnik, auf die Brust tippen, Meditieren, Musik hören und vieles mehr. Nichts hilft. Ein Mittel hingegen funktioniert wunderbar: Schlaftablette reinschieben, mit Wasser nachschütten und bitte nicht wecken. Auch nicht zum Essen!

Man kann sich beim Essen sowieso kaum bewegen. Der Nachbar schiebt seinen Ellenbogen in meinen Teller. Der Vordermann klappt seinen Stuhl nach hinten, mein Rotwein kippt auf meine weiße Hose.

»Zappelphilipp«, denke ich.

Die Flugbegleiterin säuselt: »Möchten Sie noch ein Glas Rotwein?«

Weißwein gibt keine Flecken. Doch ich trinke Merlot, der hingegen sieht scheußlich aus, wenn er auf meiner Hose ankommt. Was denken die Passagiere, wenn ich einmal muss? Nein, ich habe nicht meine Tage, es ist ROTWEIN.

Will jetzt nur meine Ruhe. Kopfhörer aufsetzen, leise Traummusik hören und ganz langsam entschlummern.

Nach vier Stunden narkoseähnlichem Schlafen bin ich unerwartet hellwach und immer noch hoch oben in der Luft. Schrecklich. Mensch, das dauert.

Eine Flugbegleiterin wandelt durch den engen Korridor in ihrer ganz eigenen Art und fragt: »Haben Sie einen Wunsch?«

Ich bin wohl aus Panik an den falschen Knopf am Sitz geraten.

»Nein, danke. Ich will nur wissen, wie es den Hunden unten im Frachtraum ergeht. War schon jemand unten nachschauen?« Bonita, unsere Berner Sennen-Hündin, ist sehr sensibel und ängstlich. Wenn wir nicht in der Nähe sind, kann es gut sein, dass sie durchdreht!

»Nein, niemand kann da während des Fluges runter in den Frachtraum«, lautet die Antwort.

Mist, hat man uns doch zugesichert, dass nach den Hunden geschaut wird! Dass da jemand runter geht und nachschaut. Pustekuchen! Jetzt kommt zur Panik noch die Wut dazu und die Panik steigert sich. Armer Mann, sein Arm muss ein weiteres Mal dran glauben. Mit den Tränen muss ich nun kämpfen. Wir lieben unsere Vierbeiner. Wie kann man die einfach so einsperren? Sie kennen weder das Geräusch der Motoren noch die Turbulenzen. Bonita, die schon beim kleinsten Gewitter zu jammern und zittern beginnt. Sich bei solchen Gelegenheiten auf meine Knie setzen und kuscheln möchte, bei fünfunddreißig Kilogramm Kampfgewicht. Wie verhält sich Bonita jetzt wohl da unten? Klar, der Tierarzt hat uns versichert, dass Hunde ab einer bestimmten Flughöhe wegdösen. In eine Art Halbschlaf fallen. Wie beruhigend, wenn wir uns nicht davon überzeugen können ... Möchte auch wieder in den Halbschlaf fallen, geht es mir durch den Kopf.

Es dauert nur noch vier Stunden, bis wir in der Dominikanischen Republik landen. Mein Mann unterhält sich mit seinem Sohn. Dann wird wieder gezockt oder in den Fernseher geguckt. Ich fahre meine Krallen aus, lass sie langsam in den Arm meines Liebsten bohren, bis ich langsam weiter vor mich hindöse. Dann, eine halbe Stunde vor der Landung, werde ich sehr sanft, mit Kuss und einer Cola geweckt. Typisch meine bessere Hälfte, ich bedanke mich - immer noch nervös - dafür. Vor allem, als ich den Arm meines Gatten genau ansehe. Hoppla, ist das etwa von mir? Von wem kann das denn sonst sein? Solche Kratzspuren! Ist da was, was ich nicht weiß? Hat sich mein Mann ab und zu auf einem anderen Sitz niedergelassen? Mein Gatte hält eine ganze Menge aus, wenn es um mich geht. Ich bin mir dessen nicht immer so bewusst. All die Jahre, die wir zusammengearbeitet und gelebt haben. Immer vierundzwanzig Stunden zusammen, mit allen Hochs und Tiefs. Die Beziehung hat sehr darunter gelitten. Und genau das soll sich jetzt hoffentlich bessern - durch die Auswanderung.

Sitz gerade stellen, Snacks werden verteilt, frisch machen. Das mit dem Auffrischen der Fassade ist immer so eine Sache:

1. Gibt es doch im Verhältnis zur Anzahl der Passagiere mordsmäßig wenige Toiletten. Vier für circa dreihundert Männlein und Weiblein!

2. Es gibt Weiblein, die Ihr Make-up stundenlang auftragen müssen, damit die Maskerade auch hält. Aber dann bitte nicht lachen, sonst splittert die Fassade ab. Ob die in Wirklichkeit daran denken, dass auf der Insel ungefähr dreißig Grad herrschen?

3. Dann sind noch jene, die sich rasieren, Zähne putzen, die Toilette benutzen und Spuren von allem hinterlassen. Gerüche. Miese Gerüche. Spuren, die in der Schüssel kleben und von denen man lieber nichts erzählt.

Vor mir hat wohl genauso jemand, der mit größter Wahrscheinlichkeit einige Biere zu viel intus hat, die

Toilette benutzt. Geschwitzt hat er auch ganz enorm. Sodass man die diversen Parfums der vorherigen Benutzer nicht mehr unterscheiden kann. Unerträglich. Papier? Gibt es da nicht einmal mehr Toilettenpapier? Haarstoppeln im Waschbecken, die Toilette mit Spuren. Ach nein, muss das sein? Keiner sagt etwas. Soll der Nächste schauen, wie er klarkommt. Na super, zum Rotwein auf der weißen Hose, noch so etwas. Was nun? Zurück durch die glotzende Menge latschen. Papiertaschentuch holen, wieder anstehen. Beine zusammen und verklemmen, hüpfen, von einem Bein auf das andere treten. Vor allem kein Aufsehen erregen. So verrichte ich nur das Nötigste, um die beengte Kabine dann sofort wieder zu verlassen. Immer noch stehen Schlangen davor. Die nachfolgende Benutzerin hingegen guckt zu mir herüber mit verächtlichem Blick, als sie die Toilettenkabine wieder verlässt. Nein. Hilfe das war ICH nicht. Hinterlasse ich solche Spuren?

»Bitte kehren Sie alle auf Ihre Plätze zurück. Stellen Sie Ihre Sitze in die gerade Position. Schnallen Sie sich an und stehen Sie erst wieder auf, wenn der Flieger zum Stehen gekommen ist«, säuselt eine Stimme im Bordlautsprecher. »Wir landen in wenigen Minuten in Puerto Plata. Die Außentemperatur liegt bei dreißig Grad.«

›Viel Glück, ihr Damen mit eurer aufgemalten Schicht auf dem Gesicht‹, geht es mir durch den Kopf.

Landung. Und wieder muss mein Mann herhalten. Die Krallen gewetzt, fahren aus. Zum Glück hat er eine starke Schulter zum Anlehnen. Keiner der Passagiere hält sich an die Durchsage, sitzen zu bleiben. Das Gedränge beginnt. Jeder will als Erster draußen sein.

Und jetzt einen Kuss, bitte. Umgehend wird dieser durchgeführt. So überstehen wir jede Situation. Wir brauchen uns gegenseitig. Wir alle strahlen. Endlich angekommen. Mein sonst so schweigsamer Gatte wird auf einmal gesprächig.

Und nun sprudeln ihm die Worte wie zum Beispiel: »Schau mal die Palmen, ist das nicht wunderbar? Herrlich! Traumhaft! Und das Wetter! Du wirst die Insel mögen.«

Unser Sohn versucht dem Wortschwall seines Vaters zu folgen, was ihm sichtlich schwerfällt. Doch der gute Mann kann sich kaum beruhigen. Und das als eingefleischter Berner. Die Berner gelten ja eher als gemächlich, ruhig und langsam. Was maßlos übertrieben ist. Er spricht weiterhin auf seinen Sohn ein, der wohl Interesse zeigt, aber lieber endlich aus dieser Blechkiste will, um alles in natura zu sehen.

Ich habe nur den einen Wunsch: die Hunde abzuholen. Nachschauen, wie es Bonita und Joya geht. Wie sie den Flug überstanden haben. Möchte jetzt endlich festen Boden unter den Füßen haben. Keine Turbulenzen mehr aushalten müssen. Aus dieser einengenden Sardinenbüchse raus. Nach dem langen Flug ankommen und ab nach Hause. Obwohl ich noch gar nicht richtig wach bin, noch schlaftrunken den anderen hinterher trotte. Die Schlaftablette wirkt immer noch. Klar, mit diesen Panikattacken im Flieger ist nicht zu spaßen. Wer das nicht kennt, der versteht das nicht. Alles, sogar Hypnose und Therapien haben bisher nichts gebracht. Doch eines weiß ich ja, das ist für lange Zeit mein letzter Flug.

Wir drei holen unsere Sachen aus den über den Sitzen liegenden Fächern. Da die Flugbegleiterin irgendwann während des Fluges etwas umgeräumt hat, braucht es Zeit alles zu finden. Dann das Gedränge der hinausströmenden und drängelnden Passagiere. Stupsen hier, ein Ellenbogen im Magen da - und diese Nervosität. Die Raucher mit ihren Entzugserscheinungen haben das nach zehn Stunden Flug so an sich. Das geht vorbei. Nach der ersten Zigarette. Noch besser, man lässt es bleiben! Die Sehnsucht nach den Hunden macht aus mir eine Furie. Bin heilfroh, diesen Flug überstanden zu haben. Und ich will nur noch raus.

9. Ankunft mit Hindernissen

Endlich können wir drei das Flugzeug verlassen. Doch jetzt beginnt ein neuer Kampf: Passkontrolle. Wir stehen am Fließband an. Logisch erscheinen da wieder die aufgemotzten Damen, ihr Beautycase in der einen Hand, in der anderen den Pass. Völlig hilflos sehen sie zu, wie ihre Koffer Runde um Runde drehen. Hilfe, wer holt meinen Koffer? Keine Hand frei und schwitzen dürfen die nicht, sonst ist der Clown perfekt. Die Maskerade läuft dann über die Wangen und aus ist es mit der Schönheit. Wieder andere versperren die ganze Breitseite, sodass wir kaum eine Chance haben zu den Koffern zu gelangen. Will mich doch beeilen, mich auf die Suche nach den Hunden machen.

Am liebsten sind uns die Touristen, die ihren kleinen Minikoffer hinter sich herziehen. Genau vor uns abrupt stehen bleiben, um dann in ihren Taschen nach imaginärem Zeugs zu suchen und doch nichts finden. Im Schritttempo mit einigen Stopp and Goes in Richtung Zoll laufen. ›Zu solchen Touristen gehörten wir auch mal‹, geht es mir durch den Kopf.

Haben wir uns auch so angestellt? Endlich hat sich die Schlange bei der Gepäckausgabe aufgelöst. Nun drehen sich da nur noch zahllose Koffer und Taschen auf dem Gepäckband. Ist das alles unseres?

Ach du grüne Neune, was haben wir da zu schleppen. Jetzt heißt es, alles auf Gepäckwagen zu verteilen.

»Wo sind unsere Hunde?« Wir schauen uns an, wie fragen wir das mit unseren spärlichen Spanisch-Kenntnissen. Gut, dass Hund = Perro heißt, das wissen wir. Wo = donde, können wir auch noch nachfragen, mehr liegt nicht drin. Was Tierarzt auf Spanisch heißt, davon haben wir Auswanderer keinen blassen Dunst. Das zu lernen, ist uns entgangen. Super!

Meine zwei Männer schicken mich los. Klar, immer die Frauen, denke ich. Ich soll mich bei einem Angestellten erkundigen. Auf Spanisch wurde der Weg zum Tierarzt beschrieben. Was war das denn? Bei diesem Affentempo und Kauderwelsch habe ich kaum etwas verstanden. Heißt das etwa, dass die Hunde sofort gebracht werden? Nach bangen Minuten kommen zwei junge Männer mit zwei Wagen. Auf jedem Wagen ein Hund in der Box. Sie sprechen immer wieder auf Joya und Bonita ein, was die Hunde wohl gut verstehen, im Gegensatz zu uns Zuwanderern. Jetzt müssen wir mit den Hunden zum Tierarzt. Donde? Ein junger Mann begleitet uns Hundehalter bis vor die Tür: Veterinario = Tierarzt steht an der Tür! Es darf dort nur einer rein.

Und wer soll das erledigen? Natürlich die Mama. Die Hundepässe in der Hand trete ich durch die Tür. Der Tierarzt schaut die Hunde nicht einmal an. Er drückt einen Stempel in die Schweizer Hundepässe und ein Formular stellt er aus. Das Ganze dauert keine zehn Minuten, kostet aber einige Pesos. ›Was soll das?‹, denke ich, ›nichts wie raus hier.‹

Endlich können wir drei mit dem ganzen Gepäck, Hundert-Kilogramm-Koffern und Taschen, plus den Hunden je fünfunddreißig Kilogramm und den Boxen, in Richtung Ausgang.

Wenn man durch die Glastüren der Ankunftshalle ins Freie tritt, schlägt einem die Hitze wie aus einem heißen Haartrockener entgegen. Ein überaus warmes Klima empfängt uns drei. Es ist heiß, feucht, subtropisch.

Im Flugzeug und auch in der Ankunftshalle ist die Klimaanlage in Betrieb, um auf achtzehn Grad herunter zu kühlen. Was für eine Gluthitze schlägt uns entgegen, als wir aus der Halle treten.

Wir Auswanderer und unser Sohn tragen immer noch die Winterklamotten. Die warmen Schuhe.

Die Schweiz haben wir bei Minustemperaturen verlassen. Schweiß läuft und läuft wie ein VW-Motor. Hunde aus den Boxen lassen und erst mal die Vierbeiner knutschen.

Alles haben wir im Voraus organisiert. Abholdienst von den Freunden, ein Mietauto haben wir für unbestimmte Zeit gemietet. Der Mietwagen steht am Flughafen mit Chauffeur. Freunde mit Ihrem Pick-up kommen uns drei abholen. Auf der Ladefläche hat alles Platz.

Wir sind am Ziel unseres gemeinsamen Traumes auf der Insel angekommen. Endlich. Auf der Insel, wo das Klima uns bestimmt besser bekommt. Wir alle stehen da, liegen uns dann in den Armen. Nach Jahren ein Wiedersehen. Aus der Schweiz waren wir stets im telefonischen Kontakt.

10. Die neue Heimat

Unsere Freunde stehen schon dort, reißen uns die Hunde aus den Händen, laufen mit ihnen zur Pinkel-Reise ins Grüne.

Nach einigen Minuten bringen sie uns die Hunde zurück. Jetzt erst begrüßen sie uns. Natürlich sind wir das gewohnt, dass immer erst die Hunde beachtet werden. Die Vierbeiner müssen sich nach der langen Reise erst mal richtig bewegen.

›Nur liegend in der Box, da schläft doch alles ein‹, geht es mir durch den Kopf. Mein Kopfkino funktioniert tadellos. Ich sehe die Bilder vor mir: beide Vierbeiner, die schnarchend alles hängen lassen. Schlaff, knitterig sind die Lefzen, liegen wie geschmolzenes Eis auf dem Boden. Speichel rinnt aus deren Maul wie ein Seilbähnchen. Die Ruten, die Hängeohren baumeln schwerfällig hin her. Die Schnauze zur Hälfte geöffnet, sodass der miese Atem spürbar wird. Träumerin. So nach und nach erwache ich, die Wirkung der Schlaftablette lässt nach.

»Durst«, jammere ich in die muntere Runde.

Sohnemann schaut sich erst mal alles an, um zu begreifen, wo er nun überhaupt gelandet ist. Denkt er, dass es in der Dominikanischen Republik keinen Flughafen gibt? Oder, dass wir im Busch gelandet sind. Nein, nichts von all dem. Puerto Plata hat einen großen Flughafen. Sehr viele Touristen landen täglich aus allen Herren Länder.

Autovermieter und Pick-up stehen bereit. Nun wird besprochen, wer mit wem mitfährt. Im Mietauto dürfen keine Hunde mit, auch in keinem offiziellen Taxi oder öffentlichem Bus. Der Transport von Hunden wird nicht erlaubt.

Hühner, Gänse, Puten, anderes Federvieh, dürfen in den staatlichen Verkehrsmitteln mitreisen. Eine Logik, die ich nicht verstehe.

Wir teilen die vielen Koffer und Taschen auf, verstauen die Hundeboxen auf den Pick-up. Ich steige bei den Freunden mit Joya und Bonita ein. Die Bekannten sind auch Hundehalter und boten uns bei den diversen Telefonaten an, uns mit den Vierbeinern nach Hause zu fahren.

Meine zwei Männer mit dem Autovermieter. Los geht der Konvoi Richtung neues Zuhause.

Wir Auswanderer freuen uns riesig auf das neue Heim, das nun ganz nach unserem Geschmack umgebaut ist - denken wir zumindest.

Was uns erst am Tag nach unserer Ankunft aufgefallen ist. In der Karibik geht die Sonne rasch unter. Um neunzehn Uhr ist es finstere Nacht in den Wintermonaten.

Nach einer dreißig Minuten dauernden Fahrt stehen wir alle gespannt wie Flitzebogen vor unserem Haus mit dem weitläufigen Garten. Die Müdigkeit ist nicht mehr zu spüren. Hellwach, fit. ICH schlief genug während des Fluges, die anderen vor Erwartung.

Die Begleiter helfen uns noch, alles abzuladen, danach lassen sie uns ankommen.

Der Autovermieter möchte jetzt nach Hause. Einer von uns muss mit, damit wir den fahrbaren Untersatz für uns nutzen können. Die Miete für drei Monate ist bezahlt.

Doch wer fährt ihn in die Urbanisation Perla Marina? Sohnemann, das erste Mal auf der Insel, übernimmt die Fahrt. Mir ist bei dem Gedanken, dass er den Mietwagen zu uns zurückbringen muss, unwohl.

Es gibt keine Straßenbeleuchtung. Die Straßen sind nicht so wie in der Schweiz, sondern in einem schlechten Zustand mit einigen tiefen Löchern. Viele Automobilisten fahren ohne Licht, die Mofas überholen links und rechts. Fast neunzig Prozent der einheimischen Automobilisten haben ihren Führerschein entweder gekauft, gewonnen oder bisher Glück gehabt.

Gute zehn Minuten später bringt der Sohn den Mietwagen zurück. Ohne Probleme hat er den Autovermieter in seinem Haus abgeliefert.

Endlich dürfen die Hunde den Garten, die Umgebung unter die Lupe nehmen. Die Spürnasen tief über dem Boden, suchen die beiden jeden Winkel ab.

Ursprünglich ließen wir Rasen verlegen. Jetzt sieht er übel aus. Wie eine Viehkoppel, es fehlen nur noch die Kühe. Eine Naturwiese sieht besser aus. Ungepflegt, das ist nicht unser Rasen.

Den Hundepool erkennt man nicht mehr. Die Rasenfläche und der Hundepool bilden ein einheitliches undefinierbares Grün. Vermoost und überwuchert von Wasserpflanzen. So stinkt das Wasser im mittlerweile zum Tümpel mutierten Hundebassin. Man kann nur erahnen, wo der Pool beginnt und wo er aufhört.

Die Terrassen, deren Böden aus Natursteinen gepflastert, sind alle verdreckt. Die Natursteinböden schwarz verschimmelt vom Schmutz. Die Geländer sehen genauso versifft aus. Enttäuschung macht sich breit. Die Freude verfliegt so rasch, wie sie gekommen ist.

Einen Mann stellten wir extra ein, der vorgab, von Beruf Gärtner erlernt zu haben. Zeigten ihm, was er für Aufgaben zu erledigen hatte. Damit er den Umschwung pflegt, während wir in der Schweiz arbeiten. Jeden Monat bekommt er ein fürstliches Gehalt.

Jeweils vor der Heimreise haben wir unseren Freunden das Geld gegeben, um den Mann zu bezahlen. Er muss zu den Bekannten auf den Berg fahren, um den Lohn persönlich abzuholen. Quittungen abgeben, wenn er Benzin, Abfallsäcke kaufte.

Ernst genommen hat er die Arbeit, wie wir nun erkennen, mit Bestimmtheit nicht. Immer wieder haben wir aus der Schweiz mit ihm telefoniert, um zu erfahren, ob er etwas benötigt. Den Gärtner unverhältnismäßig gut bezahlt. Er erhielt seinerzeit sechstausend Peso, da er bei einer Überschwemmung scheinbar alles verloren hatte. Doofe Gringos, wir Auswanderer glaubten jedes Wort!

Die Hunde jagen durch den Garten. Es gibt viele Gerüche zu erkunden. Unermüdlich die steifen Knochen bewegen. Den Flug zu verarbeiten. Wir drei schauen den Fellnasen mit Begeisterung zu. Schön ist es mit anzusehen, dass die Vierbeiner den großzügigen Auslauf genießen.

Schlagartig geschieht es vor unseren Augen. Joya merkt, erkennt es nicht. Ungebremst fällt sie in die Kloake des Hundepools.

Findet die Treppe, die aus dem Bassin, führt nicht. Sie beginnt übermäßig zu paddeln, schluckt das

Schmutzwasser. Panikartig bewegt sie sich. In ihren Augen sehen wir die Angst, die Joya überkommt.

Mein Mann eilt sofort zur Stelle, in der Joya unruhig in der Kloake zappelt, kommt ihr zu Hilfe.

Ich begebe mich ins Haus, suche nach einem geeigneten Tuch.

Zurück auf der Terrasse, erwarten die beiden Männer mit der geschockten Hündin mich bereits. Die grüne schleimige Soße muss aus dem Pelz. Gartenschlauch suchen, das Fell von Joya gründlich auswaschen, föhnen, legen. Ergebnis? Sie stinkt immer noch.

Auf das Theater am Ankunftsabend erst ein kühles Bier. Das Terrassenmobiliar schlossen wir regelmäßig beim Urlaubsende im Haus ein. Jetzt erst zur Ruhe kommen und ankommen.

In der Schweiz liebte Joya das Wasser, tummelte sich mit Bonita im nahen Fluss oder am Baggersee. Von diesem unglücklichen Moment an zeigte Joya eine Art Angst vor dem Nass. Probleme mit Wasser. Ob sie sich jemals wieder in das Hundebassin traut?

Ans Auspacken denkt am späten Abend niemand mehr. Hunger hat auch keiner mehr, nur die Hunde, die möchten jetzt endlich FUTTER. Selbstverständlich mitgebracht aus der alten Heimat. Eine Vorahnung, dass dann eh alle zu müde sind, um noch einzukaufen. So sitzen wir drei diesen Abend noch lange zusammen und beraten, was der folgende Tag bringen wird. Wie alles aussieht bei Tageslicht. Alle sind wir vierundzwanzig Stunden auf den Beinen und nun merken wir langsam, dass es Zeit wird, in ein weiches Bett zufallen. Sofort suchen wir unsere Zimmer auf.

Der Sohn darf im großen Schlafzimmer nächtigen und auf einem ausgeborgten Bett schlafen mit angrenzendem ganz neuen Badezimmer. Was man allerdings sofort unmissverständlich zu hören bekommt, ist ein grausames Schnarchen. Ja, mein Mann schnarcht. Mal mehr mal weniger. Was mir oft den Schlaf raubt. Neidisch werde ich dann, wenn neben mir seelenruhig mit diesen Nebengeräuschen, die einem durch Mark und Bein fahren, geschlafen wird. Die Hunde liegen direkt neben dem Bett auf meiner Seite.

So schlafen die einen mehr oder weniger gut, erwachen aber früh am nächsten Morgen.

Wo sind wir denn? Ach ja, genau, jetzt leben wir auf der Insel. Im eigenen Paradies.

11. Überraschungen

Am Morgen sieht alles anders als rosig aus. Es ist regnerisch und vor allem sehen wir das komplette Chaos bei Tageslicht. Zum Glück scheint die Sonne nicht, so ist uns nicht alles sofort aufgefallen.

Einige Schlangen sind auf der Flucht in der Hundewiese. Auf der Terrasse sehen wir, Hundertfüßer und sonstiges Getier. Im Haus sitzt eine fette Tarantel neben der Klimaanlage im Gästezimmer, wo wir die Nacht verbracht haben. Gestern Abend ist die uns nicht aufgefallen. Hätte ich das Tier gesichtet, ich hätte kein Auge zugebracht. In der Küche kleben zwei riesengroße Kakerlaken an der Decke, igitt.

Mir sträuben sich langsam, aber sicher die Haare. Gänsehaut. Flucht? Schreien? Zu meinem Glück sehe ich das Getier erst jetzt. Hätte sonst keinen Schritt ins Haus gewagt, ohne aufzuschreien.

Ja, ich habe einen Ekel vor solchen Ungeheuern. Alles, nur das nicht! Keine solchen Krabbeltiere bitte. Alles, was mehr als zwei Beine besitzt, außer Hunden und Katzen, ist eklig und gruselig. Der Garten ist eine einzige Katastrophe.

Das Gartenhäuschen ist nicht fertiggestellt und auch der Jacuzzi ist noch im Bau.

Wir haben immer wieder gesagt, den Rest des Geldes bekommt ihr, wenn wir auf der Insel angekommen und alles in Ordnung ist, und funktioniert. Man hat uns immer Fotos zugemailt, so haben wir oft kleine Beträge überwiesen. Wir wissen, und der Baumeister weiß das auch, dass es am 08.12.2010 so weit ist. Wir reisen mit Hunden und viel Gepäck in die Karibik!

Der Container ist wohl schon am Zielhafen. Was nun? In einigen Tagen will die Umzugsfirma den Container bringen. Die Küche ist nicht fertig, die Schränke fehlen. Wohin mit all den vielen Siebensachen? Das darf doch nicht wahr sein? Träume ich? Wir lassen uns nicht die Laune verderben. Wollen hier leben auf der schönen Insel. Es ist unser Traum, das Paradies. Jetzt wird erst mal in die Hände gespuckt. Auspacken und versuchen, all das Zeugs zu verstauen. Ich versuche, für alles einen vorübergehenden Platz zu finden. Die Männer fahren ins Dorf, um Farbe, Pinsel, Reinigungsmittel, Vorräte und Getränke zu kaufen. Da alle unsere Maschinen, auch der Hochdruckreiniger, im Container am Zielhafen verstaut ist, beginnen wir mit der Malerei im und ums Haus. Wohntauglich muss das Haus werden und sauber. Alles sieht etwas verwohnt aus.

Später haben wir erfahren, dass das Haus ab und zu vermietet wurde, als wir in der Schweiz am

Schuften waren. Missverständnis. Deshalb sind einige der neuen Möbel defekt. Die Matratzen haben komische Flecken. Eklig!

Also heißt es jetzt putzen, schrubben, fegen und ruhig bleiben. Der Baumeister muss her. Er kommt auch und muss uns jetzt Auskunft geben.

»Es regnete extrem viel. Man konnte nicht daran bauen wegen des Wetters.« Für was das Wetter immer herhalten muss! Komisch, zweieinhalb Jahre Dauerregen? Er soll jetzt vorwärtsmachen. Nichts ist fertig, also bekommt er im Moment auch keinen einzigen Dollar mehr. Das sitzt. So nach und nach, wie es auf der Insel üblich ist, wird einiges in Angriff genommen. In einem Tempo, da schläft man schon beim Zuschauen ein.

Was wir Auswanderer mit unserem Haus und Garten erlebt haben, ist wirklich nicht landestypisch. Es kommt immer auf den Baumeister und das Wetter an.

Bei vielen unserer Freunde und Bekannten verläuft alles reibungslos ohne solche Probleme. Insgeheim wissen mein Mann und ich allerdings, auf was wir uns einließen. Zuvor bereisten wir die Insel wiederholt, um uns umzusehen. Informationen eingeholt, leider waren einige davon ein Irrtum. Kennen die Gegebenheiten. Das Leben auf der Insel ist das pure Gegenteil vom Leben in der Schweiz. Genau das möchten wir auch. Keinen Stress mehr, keine Perfektion, das Leben auf der Trauminsel genießen. Es ist für uns beide nicht einfach, von heute auf morgen alles so gelassen zu sehen. Von sechzehn Arbeitsstunden in der Schweiz, uns auf die beschauliche Art auf der Insel umzustellen. So wollen wir leben lernen, nicht alles so engstirnig sehen. Es muss nicht alles, so wie in der Schweiz, sofort ausgeführt werden. Hier haben wir alle Zeit, die nehmen wir uns auch. Das umzusetzen, ist nicht leicht. Im Grunde ist alles, was wir mit Haus und Garten erlebten, halb so schlimm. Mein Mann und ich kamen übermüdet, überarbeitet auf der Insel an. Als typische Schweizer Bürger erkennen wir, dass nicht alles perfekt ist.

Heute beurteilen wir beide das Ganze nicht mehr so ernst. Hauptsache ist doch, es wird überhaupt gearbeitet.

Nur die Arbeitsmoral, die Bauweise. Alles ist für uns ungewohnt.

Vor allem der Baumeister Uwe gibt mir zu denken. Viel gibt es noch zu lernen. Zum Beispiel, wie man improvisieren muss, wenn kein passendes Werkzeug vorhanden ist. Lose Kabelenden werden, für die Einheimischen ist das ganz normal, zurechtgeschnitten und direkt in die Steckdose gedrückt. Zack, die Funken sprühen und die alte rostige Maschine funktioniert tadellos. Leitern werden aus alten morschen

Brettern zusammen gezimmert. Schon beim Anschauen zerfallen sie in Einzelteile. Elektromaschinen aus dem vorletzten Jahrhundert, die man irgendwie wieder zum Funktionieren bringt. Dass es keine Verletzten, und auch keine Toten gibt, ist ein wahres Wunder!

Zum Teil amüsant. Andererseits traurig, da die Haitianer all die Dreckarbeit verrichten müssen. Das für ein minimales Gehalt. Dominikaner, Machos, zu schade für solch eine niedrige Arbeit!

In unserem Pool siedelten im Verlauf unserer Abwesenheit, Frösche an. Da wir das Bassin ohne Wasser zurückließen, es jedoch in den zwei Jahren ab und an regnete, sieht der Pool dementsprechend aus. Der Aussage vom Baumeister entsprechend schüttete es zweieinhalb Jahre ununterbrochen. Ein Biotop!

Das bekommen wir drei unüberhörbar in selbiger Nacht zu hören! Es quakt so heftig, dass sich die Balken biegen. Übertönen jedes andere Geräusch. Eine Unterhaltung in Zimmerlautstärke ist unmöglich.

Was treiben die Frösche da im Tümpel? Die Geräusche ertönen aus zwei Richtungen. Schwimmbecken und Hundepool. Lautstark erklären die uns den Krieg? Dringen wir in ihr Revier ein?

Zu vorgerückter Stunde legen wir uns müde in die Betten. Schlafen? Unmöglich!

Die quakenden Kröten. Unerträglich!

Mit der Taschenlampe bewaffnet in der Hand, schleicht mein Mann zum Swimmingpool, der auf der oberen Terrasse ist. Was er dort zu sehen bekommt? Das lässt ihn, ein kräftiger Mann, erschrecken.

Der Pool gleicht eher einem Moorbad und so an die siebzig Frösche haben sich bei uns niederlassen.

Was die Frösche da anrichten in der Kloake? Veranstalten die etwa eine Party oder eher eine Orgie, oder ist das gar eines dieser gewissen Etablissements? Man weiß es nicht? Daher kommen auch diese Geräusche. Wollust, oder was kann das anderes sein?

Das möchte mein Gatte erst am nächsten Morgen klären. Fenster zu, ab ins Bett. Es heißt, Ohren zuhalten und versuchen ein bisschen Schlaf zu finden. Unausgeschlafen erscheint ein jeder am Frühstückstisch. Die Geräuschkulisse ist keiner von uns gewohnt. Man kann sich an die Autobahn oder den Eisenbahnverkehr gewöhnen. Ob das uns bei den Kröten auch gelingt?

An diesem Morgen haben die beiden Männer alle Hände voll zu tun. Morgens um halb zehn in der Dominikanischen Republik: Frösche einsammeln und umsiedeln. Jeden Tag eine gute Tat

12. TV-Kauf

Ein Fernseher muss her. Die Männer ziehen los. Ohne ein Wort der Landessprache mächtig zu sein, wollen die beiden Männer mir beweisen, dass sie das hinkriegen.

Ich vertreibe mir derweil die Zeit im Haus.

›Das bisschen Haushalt ist doch kein Problem, sagt mein Mann ...‹, singe ich lautstark. Es hört mich keiner außer den beiden Hunden. Die nehmen mir mein Gekrächze nicht übel, die verschwinden in den Garten. Jagen noch unbekanntes Getier.

Nach ein paar Stunden treffen die beiden stolz mit einem TV-Gerät zu Hause ein. Den Fernseher sowie den Internetzugang müssen wir anmelden. Die Zwei reden lange um den heißen Brei.

Endlich rücken die beiden mit der Sprache heraus: »Kommst du mit in die Richtung Sosua? Kannst du das für uns erledigen? Du sprichst doch perfekt spanisch«. Spaßvögel, die Männer.

Mit ein paar Brocken kann ich mich verständigen. Das Spanisch, das man auf der Insel spricht, tönt für mich exotisch. Im Sprachkurs, den ich in der Schweiz besuchte, lernte ich Katelan.

Die möchten sich nur nicht selbst blamieren. Ich kenne doch meine Pappenheimer.

Doch bis wir alle wegfahren können, vergeht einige Zeit, denn die Hunde wollen auf gar keinen Fall ins Haus. Nein, die stemmen ihre Fußballen kräftig auf den Boden. Den Kopf gesenkt, das Hinterteil steil nach oben gerichtet, schalten die Vierbeiner den Rückwärtsgang ein. Stellen von bockig auf stur.

Die denken wohl, Herrchen und Frauchen kommen nie mehr wieder. Ist es das Resultat vom stundenlangen Flug in der Box?

Ich hole jede erdenkliche Köstlichkeit aus dem uralten, rostigen Kühlschrank. Von Wurst bis Butter, nichts hilft. Doch dann endlich: Leberwurst heißt das Zaubermittel. Ab ins Haus mit den Vierbeinern, nix wie weg.

Na logisch wollen wir drei am gleichen Tag das TV-Gerät ausprobieren. Das Internet nutzen, um Skype einzurichten.

Wie wir Schweizer eben sind, es muss alles zackig über die Bühne gehen. Dominikanische Lebensweise hin oder her.

Was die Dominikaner erst recht nicht verstehen können oder wollen, dass man sich so stressen muss. Typisch Gringos! Warum die Eile? Was man auch tut, es braucht eine gewisse Zeit. Es ist viel zu heiß auf der Insel. Man kann doch auch gemütlich arbeiten. Dominikaner möchten am Feierabend fit für die Party sein.

Mittlerweile wissen wir beide, dass man auch stressfrei leben kann.

»Das Geschäft ist an der Hauptstraße. Es heisst Delanzer, es ist nicht zu übersehen«, erklärt uns eine Bekannte, die ich um Hilfe bitte.

Wenn Neuankömmlinge die ersten Schritte in einem fremden Land unternehmen, geht die Sucherei los.

In der unterschiedlichen Sprache, die ungewohnte Bürokratie erleben, wenn man wie wir, ortskundig den Laden letztendlich findet.

Sohnemann entdeckt die Reklame zuerst an einem baufälligen Gebäude: Delanzer. Wir treten durch die marode Tür.

Ich trage unser Anliegen vor, mit dem wenigen Wortschatz, den ich beherrsche. Man glaubt es kaum. Ein Verkäufer überkommt wohl Mitleid mit uns armen Emigranten und verspricht a horita, kann ruhig etwas später sein, ahora=sofort, zu kommen. Was er erstaunlicherweise einhält. Drei Stunden danach steht er auf der Matte. Unser Sohn installiert die Flimmerkiste, was die jungen Leute viel besser beherrschen, das geben wir zwei Alten auch ein wenig neidisch zu. So können wir zum ersten Mal abends die Vielzahl an Programmen anschauen. Unter anderem auch vier deutsche Sender.

Der eine Kanal, der stets die Wiederholungen der Wiederholung sendet, was wir aber erst nach Wochen merken. Zum Gucken kommen wir höchst selten. Dank unserem Jungen können wir wenigstens mit ihm zusammen vor dem Gerät entspannen.

Internet funktioniert einige Tage danach auch. Skype wird sofort eingerichtet und ausprobiert. Super, merkt man doch, dass man doch nicht am Ende der Welt wohnt. Eigentlich fast alles bekommt, was das Herz begehrt.

13. Die Waschmaschine

Am nächsten Morgen ziehen meine zwei Männer wieder los um einen Waschvollautomaten zu kaufen, ohne spanisch zu sprechen.

In meiner regen Fantasie stelle ich mir nächstfolgendes Szenario vor:

Ich stapfe mit einem Weidenkorb voller Schmutzwäsche, auf dem Kopf balancierend, wie es im Landesinnern üblich ist, an einen Fluss. Bewaffnet mit einem hölzernen Waschbrett und Kernseife.

Scheuere die Wäsche über die Blechkanten vom antiken Reibebrett. Die Klamotten schmiere ich mit Seife.

Seifenblasen entstehen. Ein Schaumgebilde schwimmt hüpfend in der Strömung flussabwärts. Oberhalb von meinem Waschplatz am Fluss wäscht ein Mann sein Fahrzeug im fließenden Gewässer. Zehn Meter von mit entfernt suhlen mehrere Schweine am Ufer.

Kinder baden, spielen im Fluss mit meinen produzierten Seifenblasen. Ich trage die schwere nasse Wäsche kilometerweit zum Haus, hänge die zum Trocknen über Stacheldraht.

Ich erwache aus meinem Tagtraum.

Zu meinem Glück versuchen meine Männer in der Zwischenzeit, Abhilfe zu schaffen.

Schade, kann ich nicht Mäuschen spielen? So gerne sähe ich ihnen aus einem Versteck aus zu. Wie die beiden, mit Händen und Füssen gestikulierend verhandeln, nach passenden Worten suchen. Keine Mühen scheuen, um mich mit einer Waschmaschine glücklich zu machen.

Ich bleibe bei den Hunden, wüte im Haus herum. Unsere Hunde beschäftigen sich im Garten, derweilen bin ich mit der Spraydose bewaffnet unterwegs. Mit viel Abstand gehe ich auf die Jagd nach Käfern und anderem Getier. Der Gestank aus der Sprühdose und die tropische Hitze zwingen mich zu einer schöpferischen Pause.

Setze mich auf die Terrasse, schlürfe einen Tee. Das lernte ich in Tunesien, bei Bruthitze, heiße Getränke trinken.

Nippe an der Tasse, in dem Moment geschieht das, wovor ich mich unheimlich ekle.

»Nein! Joya nein. Gehe weg von mir, raus auf die Wiese mit dir.«

Ich kenne Joya. Bemerke, dass Joya mir eine hart erkämpfte Beute zeigen möchte.

»BITTE komm mit dem Tier nicht zu mir. Hau ab, ich will es nicht wissen, nicht sehen. Was für eine

Leckerei du erlegt hast«, rede ich auf das Hundemädchen ein.

Panik! Ungeziefer? Eine Schlange? Spinnen, Tarantel? Kakerlake? Egal, um was es sich handelt, ich weiß, dass es mich noch sehr viel Überwindung kosten wird, damit umzugehen.

Ich muss noch einiges lernen, was das landestypische Getier betrifft. Das gehört zu der Insel, das weiß ich doch. Mutproben, mit denen ich fertig werden muss. Dass Joya, die Golden Retriever-Dame, ein Jagdhund ist, ist mir auch bewusst.

In der Schweiz strapazierte das oft meine Nerven, wenn ich mit beiden Hunden durch den Wald spaziert bin: Achtung Rehe! Joya und Bonita im Anmarsch.

Selbstsicher sitzt Joya zu meinen Füßen, das Getier im Maul. Blinzelt mich mit ihren braunen Kulleraugen an. Wer kann einem solchen Blick widerstehen?

Strahlt sie mich an? ›Guck was ich für uns zu fressen mitgebracht habe!‹

»Danke Joya, aber das darfst du gerne alleine verzehren.« Niedergeschlagen und enttäuscht, dass ich ihre Beute nicht so anerkenne, zieht sie sich auf die Wiese zurück. Dort gibt es ja noch viel mehr Zeugs und Leckereien zum Jagen. Das kann man alles Frauchen bringen. Unter Umständen ist auch mal etwas dabei, dass Frauchen liebt.

Kurz darauf kommen die zwei kräftigen Männer nach Hause. Mit einer Waschmaschine UND einem Windelständer. Dazu noch Klammern, um die Wäsche zu befestigen. Super. Waschpulver haben die Zwei auch dabei.

›Heißt das, wasch du schön unsere Sachen? Oder ist das ein Überlegungsvorgang?‹ Wenn ich das nur wüsste. Jetzt möchten die Mannsbilder zuerst eine gekühlte Limo trinken, im Anschluss daran die Maschine in Betrieb nehmen.

Herzlichen Dank, so muss ich wohl heute waschen.

Die zwei Männer ziehen sich in das dafür vorgesehene Zimmerchen zurück, um die Maschine an Wasser und Strom anzuschließen.

Das ist ein kostspieliger Tag, der uns eine Stange Geld kostet.

Nach grob geschätzten drei Stunden kommen zwei verschwitzte, siegesgewisse Männer zu mir.

»Man kann jetzt waschen, Schatz«, schon diese wenigen Worte von meinem Gatten sagen alles.

Typisch! Frauen in die Waschküche. Nichts wie los. Suche in jedem Zimmer die durchgeschwitzten T-Shirts. Versuche ich mich an der neuartigen Maschine, die zwar europäisch aussieht, dennoch kniffliger zu bedienen ist.

Vor allem die Supergebrauchsanweisung. Spanisch! Klar! Wer braucht die denn? Das geht doch auch ohne. Gebe Pulver in das dafür vorgesehene Fach und starte die Maschine. Erster Versuch bei vierzig Grad.

»Sie funktioniert, wäscht, juche«, schreie ich den Männern zu, die ihre Brust anschwellen lassen und mit Sicherheit um zehn Zentimeter wachsen. »Wer sagt es denn, ihr seid die Besten«.

Nichts ahnend widme ich mich weiterhin munter, gut gelaunt, der Putzarbeit im Haus.

Urplötzlich ein Geräusch: Donnert da ein Panzer durch unser Heim?

»Hilfe, da stimmt was mit dem Waschautomaten nicht. Der kommt mir hüpfend mit Getöse entgegen. Ein unheimlicher Krach lässt den Boden erbeben! Erscheint rasch und guckt euch das an«, rufe ich lautstark die Männer zusammen. Innerlich fluche ich leise vor mich hin.

›Muss ich doch mit Waschbrett zum Fluss, Gottfried stutzt noch mal. Geht es noch?‹

Beide Männer rennen in den Waschraum, die Maschine kommt ihnen entgegen. ›So ist der Weg nicht so weit‹, denke ich insgeheim.

»Strom ausschalten«, schreit mein Mann. Klar, da hätte ich grundsätzlich auch draufkommen können. Die Waschmaschine bremst, bleibt einen Meter vor der Zimmertür stehen.

Wasser und Schaum verteilen sich pfützenartig auf dem Boden. Ich beginne, die Schweinerei aufzuwischen.

Die Zwei kümmern sich um ihr vollbrachtes Werk, kontrollieren die Anschlüsse, finden nichts. Rücken den Waschautomaten wieder an den angestammten Platz zurück, drücken den Startknopf. Sie funktioniert.

Nach haargenau zehn Minuten donnert die Maschine wieder los, kommt mir entgegen. Jetzt reicht es mir. Die doofe spanische Waschmaschine zerrt an meinen Nerven.

Ich ziehe den Stecker, trommele die Männer erneut zusammen. Es wird genauer untersucht, nachgeschaut. Mit der Gebrauchsanweisung setzen wir drei uns an den Tisch, schauen uns erst einmal die Bilder an!

Letztendlich entdecke ich es, die Frau im Hause, auf einer der Abbildungen. Zwei Eisenstangen, die man entfernen muss, bevor man die Maschine in Betrieb setzt.

Mein Mann schlägt sich mit der flachen Hand an die Stirn. Der aha - Effekt.

»Klar die Transportsperre. Die wurde in der Eile übersehen. Ist noch immer daran befestigt ist. Die muss man entfernen, sonst geht die Maschine bei Gebrauch kaputt«, gibt mein Gatte kleinlaut zu.

Gesagt, getan. Und sie funktioniert. Genug für heute, ich kümmere mich morgen um die Wäsche. Joya trägt zum wiederholten Male Beute auf die Terrasse!

Aus dem Pool ertönen verdächtig viele lüsterne Frösche. Ich möchte nicht gucken gehen, was die schon wieder für eine Party schmeißen.

Meine Männer kümmern sich später um die Frösche, die sich immer unseren Pool aussuchen. Nachwuchs produzieren und das schleimige Zeugs dann im ganzen Poolbereich verteilen. Bedauerlicherweise ist das kein Kaviar. Unter diesen Umständen können wir den Froschlaich nicht hochpreisig auf dem Wochenmarkt verkaufen.

›Nix vom raschen Reichtum‹, geht es mir durch den Kopf.

Dazu kommen noch ihre Laute, die sie in allen Tonlagen von sich geben. Sicher wieder Party-Time? Man weiß es einfach nie. Nein, das muss ich mir jetzt nicht auch noch anschauen. Genehmige mir ein Bier und mache einen Sitzstreik für heute. Augen zu und durch. Die Männer machen sich noch im Garten nützlich.

Untersuchen, was Joya jagt und was für Beute da so herumkriecht.

Finden in der Mauer eine Schlange, die aber nicht giftig ist. Trotzdem ist es etwas anderes, diese Tiere in natura zu sehen. Jetzt im eigenen Garten. Leere Vogelnester finden die Männer auch. Joya untersucht wieder irgendetwas. Bonita sieht in bequemer Lage von der Terrasse aus zu.

14. Strom und Notstrom

Leider besitzen wir noch keinen Inverser, Notstrom-gerät mit Batterien. Wenn Stromausfall ist, wird es dunkel. Nichts geht mehr, nur finster ist es im Haus und auf der Straße. Kerzen und Taschenlampen hat mein Mann zum Glück vorsichtshalber eingekauft. Genauso ein Stromausfall gibt es, als ich am PC sitze und Geld von unserem Konto aus der Schweiz zu uns auf die Insel überweisen will. Kniend am Boden, den Laptop auf einem Stuhl platziert. Gebe gerade ich den Sicherheitscode ein und schwuppdiwupp, weg ist der Strom. Finsternis herrscht auch auf dem Bildschirm. Na super. Und das passiert mir drei Mal nacheinander. Beim vierten Mal geht gar nichts mehr, Karte gesperrt. Spitze mein Start auf der Insel im Bankbusiness.

Licht aus, Spot an. Und bitte keinen Stromausfall mehr, bis wir den Notstrom haben.

Also muss ich am anderen Morgen in der Schweiz anrufen, den Sachbearbeiter an den Draht bekommen und ihm klarmachen, was für ein Fehler mir die ersten Tage schon unterlaufen ist. Wie bekomme ich nun so rasch wie möglich eine neue Karte? Nach etlichen Fragen des Angestellten. Mit der vorwurfs-vollen Bemerkung, dass das eigentlich nicht per Telefon geht, wird mir zugesichert, eine neue Karte per

DHL zu schicken. Drei Wochen später gehen wir beide zu Karibe Tours, ein Busunternehmen, das unter anderem Post transportiert. Wie man mir am Telefon gesagt hat, wird das - so habe ich es verstanden - mit Karibe gebracht. Viermal schauen wir zwei dort vorbei. Immer wieder heißt es, wir haben nichts.

Nun suchen wir die diversen DHL-Büros auf. Bis uns dann eine nette Mitarbeiterin im dritten Büro sagt, wir sollen doch mal bei Karibe Express vorbeischauen.

Das ist nicht dasselbe wie Karibe Tours. Nichts wie hin. Das ist aber nicht so einfach. Wo ist denn dieses Büro, bitte? Der Weg dorthin wird uns in einem sehr schnellen und etwas undeutlichen Spanisch erklärt. Wir verstehen nur Bahnhof. Wir fragen uns durch. Ein Motorradfahrer = motoconcho Taxi fährt dann vorneweg und bringt uns ans Ziel. Trinkgeld nehmen, weg ist er. Siehe da, dort liegt der Brief. Die wollten ihn nach der langen Lagerzeit jetzt wieder zurückschicken. Was für ein Glück. Nun warte ich mit meinen Onlineüberweisungen, bis eine Notstromversorgung im Haus installiert ist.

Natürlich hat mein Göttergatte das auch sofort in die Wege geleitet. Wir sind stolze Besitzer einer eigenen Notstromversorgung. Das war nicht einkalkuliert, muss aber unbedingt sein.

15. Hilfe vom Sohn

Eines Morgens kommt unser Sohn ganz durcheinander aus seinem Zimmer und meint: »Komisch, er hat Wasser bis zum Bett. Irgendwas stimmt mit der Dusche nicht!«

Super. Die Duschkabine, die Badewanne alles nigelnagelneu. Der Baumeister muss her. Also sofort den Herrn ins Haus bitten. Was nicht einfach ist, hat er doch immer so viel Arbeit. Aber nur, wenn man etwas zu beanstanden hat. Will man etwas bauen, husch, steht er schon gestern auf der Matte! Er hat dann einen Arbeiter vorbeigeschickt, der sich die Sachlage mal ganz genau anschauen soll.

Der Mann kommt, sieht, holt seine Wunderwaffe für solche Fälle aus dem Auto. Schmiert das Wundermittel Silikon auf jede Seite der Abtrennwand zur Mauer hin und fertig.

»Jetzt sollte die Duschkabine dicht sein«, klärt er uns auf.

Als wir Auswanderer mal wieder unsere Ferien im Haus verbringen, hat genau derselbe Typ die Trennwand zusammengebaut. Mein Mann hat sich damals halb zu Tode gelacht. Alles hat dieser Typ verkehrt gemacht. Dichtungen werden bei den Schiebetüren außen montiert. Zum Zusammenbau dieser einfachen Duschkabine hat dieser Arbeiter sage und schreibe einen ganzen Tag benötigt. Und erst noch alles verkehrt zusammengebaut!

Was haben wir drei gelacht, als Sohnemann nach zwei Tagen die Dusche wieder benutzt hat. Schon wieder Wasser bis zum Bett und nicht etwa nur so ein bisschen. Ich denke, am besten kaufen wir hier ein knallrotes Gummiboot für solche Fälle.

Das ist auch nicht das letzte Mal mit Wasser im oder ums Haus herum. Einmal zur Regenzeit gibt es Hochwasser. Da steht das Wasser knöcheltief hinter dem Haus. Der Rasen gleicht einem Reisfeld. Also verschieben wir diese Baustelle auf später, denn wir haben dringend etwas anderes zu tun. Benutzt der Junge eben das zweite Badezimmer, um zu duschen. Kein Problem.

Es bleiben nur noch vier Tage, bis der Sohn seine Heimreise antritt. Also so schnell wie möglich die Fahrt in die Hauptstadt in Angriff nehmen. Ach wie gut, dass ich aus der Schweiz die Termine alle im Voraus gebucht habe. Auch mit dem Anwalt, der für die Niederlassung zuständig ist.

Nach Santo Domingo mit dem Anwalt um die Residencia/Niederlassungserlaubnis zu beantragen. Um vier Uhr in der Früh stehen wir beide verschlafen an der Eingangspforte der Urbanisation bereit. Der Herr Anwalt kommt auch pünktlich, die Fahrt geht los. Nach einigen Kilometern gibt es Probleme mit seinem Wagen. Irgendetwas macht einen Höllenlärm und scheppert im Dunkeln. Er hat etwas Undefinierbares sehr lange am Unterteil des Wagens mit sich geschleppt. Dieses Teil hat sich nun ganz gelöst. Anhalten, aussteigen und nachschauen, was das sein könnte. Im Dunkeln. Super. Jetzt beginnt es auch noch, stark zu regnen.

»Hat jemand von euch eine Taschenlampe dabei?«, fragt uns der Anwalt.

»Ein Feuerzeug können wir dir anbieten«, antworten wir. Was aber bei dem Regen kaum einsetzbar ist. Suchend, und das im Dunkeln, kriechen wir auf dem nassen Beton herum. Gefunden, in den Kofferraum schmeißen. Langsam wird die vier Stunden dauernde, lange Fahrt wieder fortgesetzt. Durchfeuchtet sitzen wir im Wagen und der Anwalt kühlt nun auch noch mit der Klimaanlage den Innenraum des Wagens auf gefühlte zehn Grad. Ich finde es einfach nur kalt. Klappere wohl so laut mit den Zähnen, dass sich der Anwalt um mich sorgt und die Kühlung ausschaltet. Danke.

OK, wir kommen dann mit Verspätung in Santo Domingo an.

Das übliche Programm wird durchgeführt. Warten, abermals warten, im Vorzimmer vom Arzt, warten, Geld abgeben, Untersuchung von Blut und Urin.

Dann die diversen Fragen über unsere Gesundheit beantworten. Rauchen Sie? Trinken Sie? Was trinken Sie? Kaffee, Alkohol und wie viel? Mutter, Vater, Tanten? Sind die alle gesund? Nach Stunden auf den Weg machen zum Durchleuchten. Der Apparat ist total veraltet, aus dem letzten Krieg? Nach sechs Stunden sind wir fix und fertig.

Zufrieden, dass wir endlich die Heimreise antreten können. Da aber der Anwalt nun noch mit seinem Wagen in die Werkstatt muss, hat das gedauert und gedauert. Die Werkstatt ist nicht in der Nähe. Er fährt in einem Höllentempo durch die Hauptstadt, als sei er allein auf der Straße unterwegs. Gefährliche Überholmanöver von dem Gewirr an Mofas, Autos und Taxis ganz zu schweigen.

Die Garage befindet sich in einem Industriegebiet. Nobelkarossen, die sich nur die bessere Schicht des Landes leisten können.

Er kennt dort den Besitzer und die Sekretärinnen. Da wird geplaudert und geflirtet, was das Zeug hält. Wir warten und warten. Das kann ja heiter werden. Hat der Anwalt doch Frau und Kind zu Hause. Ist doch auch ein eingewanderter Schweizer. Da wird geküsst, umarmt, geflüstert, dass es richtig heiß wird. Es dauert, bis er sich endlich loslösen kann.

Er hingegen meint zu uns: »Die Reparatur hat etwas länger gedauert. Der Schaden am Auto war wohl größer, als wir alle dachten.« Schwindler, wir sind doch nicht blind.

So gegen neunzehn Uhr treffen wir todmüde wieder zu Hause ein. Froh, unter die Dusche zu kommen und dann einfach nur noch Ruhe bitte.

Zum Glück ist der Sohn im Haus und schaut zu den Hunden. Wir sind ihm sehr dankbar dafür, dass er einen Teil seiner Ferien für uns Eltern geopfert hat. Er ist eine große Hilfe und vor allem macht das nicht jeder. Geklappt hat es mit dem Residencia nur für meinen Mann. Ich bekomme diese noch nicht, was aber zu einem späteren Zeitpunkt erledigt wird.

Beide hatten wir gehofft, dass der Container eintrifft, wenn unser Junge noch auf der Insel ist. Doch leider müssen wir ihn länger am Zielhafen stehen lassen.

Das Haus ist immer noch nicht fertig. Jeder Tag mehr im Hafen kostet aber Geld. Unsere Geduld wir auf eine harte Probe gestellt. Wer ist an diesem Dilemma schuld? Der Baumeister und seine Arbeiter? Das Wetter? Egal, wir genießen die Zeit mit unserem Sohn.

So unternehmen wir mit dem Jungen einen Ausflug nach Puerto Plata. Es gibt dort ein neues Einkaufszentrum: La Sirena. Genau dort möchten wir uns mal umsehen und einkaufen. Eigentlich haben wir drei auch vor, zum Denkmal und der Burg zu fahren. Als wir aber aus dem Einkaufscenter treten, regnet es in Strömen. Na ja, dann eben nicht. Bindfäden fallen vom Himmel. Kleine Seen bilden sich auf der Straße. Die Löcher im Belag füllen sich.

Also doch ein Boot kaufen? Gummiboot oder Segelschiff? Ab nach Hause und das im Schneckentempo. Man sieht die Löcher in der Straße nicht. Erkennt vom Regenwasser auf der Fahrbahn, das vom Vordermann an die Windschutzscheibe klatscht, die Kühe nicht, die plötzlich vor dem Wagen stehen. Rasen ist uns zu gefährlich. Auch wenn uns wütend hupende Fahrzeuge überholen. Die Insassen ihre Köpfe schütteln, wegen uns Gringos. Wir möchten heil Daheim ankommen.

Eine Stunde später fahren wir auf unseren Parkplatz. Ich eile zum Haus, schließe die Haupteingangstür auf und lass die wartenden Hunde in den Garten. Bonita liebt Regen überhaupt nicht, Sie sucht sich den trockensten Weg zur Hundewiese. Schüttelt beim Gehen jede Pfote, kaum dass diese den nassen Boden berührt. Igitt, Wasser ist so nass ...

Logischerweise muss ich nach dem Gartengang, putzen. Der Boden im Garten ist rotbraun, matschig und sumpfig.

Das Fell der Hunde auch, da sie sich gerne in irgendwelchen Pfützen wälzen. Sind das unsere Hunde? Mit einer undefinierbaren Farbe angekleistert. Rot, Braun leicht ins Schwarze gehend, es kleben dicke Klumpen im Pelz. So warte ich, bis sich die Kruste, die auch zwischen den Pfoten besonders gut haftet, von selbst löst. Bürsten hilft da wenig, also muss ich sie doch baden und abtrocknen. Die Vierbeiner lieben das. Regen gleich Matsch. Matsch gleich rote Erde. Diese rote lehmartige Erde bringt man auch kaum mehr aus den Kleidern. Da hilft nur Chlor. Zuviel Chlor und schon hat man Löcher. So kann ich doch auch gleich die gute alte Fleckenschere benutzen!

Weiße Fliesen und dann noch Regen? Nee, genug für heute, mag jetzt nicht noch schrubben. Beine hoch, dem prasselnden Regen lauschen und einschlummern. Wir haben es uns verdient.

16. Der Sohn reist ab

Täglich ist uns unser Sohn eine große Hilfe. Wir können endlich dringende Dinge erledigen, ohne uns Sorgen machen zu müssen. Es ist nicht nötig dauernd auf die Uhr zu schauen, dass die zwei Hunde nicht zu lange alleine sind.

Natürlich will der Junge auch Mitbringsel für seine Freunde und Geschwister besorgen. Die Geschwister haben ihm schon in der Schweiz ihre Bestellungen aufgegeben. Was sie denn gerne haben möchten aus dem fernen Land. Die Insel ist weltweit bekannt für ihren hervorragenden Rum und die handgedrehten Zigarren. Kleider, Käppis, Badetücher mit einem Aufdruck der Insel, alles ist vorhanden. Nur suchen müssen wir drei die Sachen. Vor allem die Preise vergleichen und verhandeln. Und wer muss diesen Job wieder einmal übernehmen? Natürlich, immer die Mutter. Am Hauptstrand von Sosua bekommen wir dann diverse Sachen. Erst jammern, dann um die Preise feilschen und handeln. So eine Diskussion kann dauern. Zigarren sind in einem kleinen Supermarkt günstiger.

Für die geplanten Ausflüge haben wir entweder keine Zeit oder das Wetter spielt einfach nicht mit. Der Tag der Abreise rückt immer näher.

Unser Sohn, der Spezialist für coole Sprüche. Die lustige und unterhaltsame Zeit mit ihm geht zu Ende: ›Was haben wir drei des Abends gelacht, wenn mal wieder der Strom ausfiel. Wenn er dann lautstark seine Sprüche durch das dunkle Haus schrie. Oder sich, mit Taschenlampen und Kerzen bewaffnet, in sein eigenes Gesicht leuchtete und dieses zu Grimassen verzog. Die Hunde zu heulen begannen, Schwänze einklemmten und flüchteten. Der Junge sich im Dunkeln auf die Suche nach etwas Trinkbarem machte, als würde er ›blinde Kuh‹ spielen. Eine Unterhaltung mit ihm oder gar bei Kerzenlicht einen Spielabend veranstaltete. Supergünstig für mich, bei dem schummrigen Licht konnte ich mogeln, ohne dass es auffiel. Vielleicht hatten die Zwei mir auch nur mal einen Sieg gegönnt.‹

Abends hängen wir drei auf dem Sofa wie halb gefüllte Mehlsäcke, vollgegessen mit übervollem Bauch. Mein Mann, von Beruf Koch und Wirt, hat fast jeden Abend gekocht oder den Grill angeschmissen. Man kann einfach nicht mitten beim Essen stoppen. Es muss alles runter, also stopfen wir uns voll. Es wäre schade, das gute Essen verkommen zu lassen. Die Augen haben Hunger und Gelüste, doch der Bauch ist schon lang gefüllt, alle öffnen wir den obersten Knopf bei unseren Jeans. Eigentlich gibt es da keinen Platz mehr für nur den kleinsten Krümel.

So liegen wir drei wie die alten Römer auf dem Sofa. Jetzt fehlt nur noch einer, der mit einem Palmwedel die Luft herumwirbelt und einer, der uns mit frischen Trauben füttert.

Der Sohnemann imitiert mal wieder einen weltbekannten bekannten Künstler aus Film und Fernsehen. Wir halten uns vor Lachen den prall gefüllten Wanst. Ja, das kann er wirklich gut. Jeder in der Familie hat sein ganz spezifisches Talent.

Unsere Tochter ist Poetry-Slammerin. Einer der Söhne Musiker, der andere Humorist, der dritte Sportler. Was sind wir nur für eine Kunterbunte, spezielle Familie!

Der letzte Abend. Auswärts Essen ist angesagt, damit der Junge seine ›Henkersmahlzeit‹ erhält.

Wir, mein Mann und ich, stylen uns und gehen mit Sohn schick aus. Die Restaurantwahl haben wir glücklicherweise gut getroffen. Die Mahlzeit ist richtig lecker und das auch noch zu einem Spottpreis. Für jeden von uns Steak, Gemüse, Pommes frites, Getränke und Kaffee. Blütenweiße Tischdecken aus Stoff, in einem sehr schönen Ambiente und wir drei werden überaus nett bedient. Die Aussicht auf das Meer, der Sonnenuntergang, herrlich. Das alles für knapp dreißig Schweizer Franken. Genau der richtige Abschluss, um unseren Sohn am letzten Abend zu verwöhnen.

Es tut uns unendlich leid, dass wir mit ihm, außer einen der schönen Strände zu besuchen, sonst nichts Interessantes unternehmen können. Das Wetter spielt einfach nicht mit. Er sieht anderes, wie zum Beispiel Straßen und Naturwege die im Nu zu Schlammpisten werden. Wie wir im Rasen Reis anbauen können, als der große Regen kommt. Die Sonne sieht er nur einige Male kurz durch die Wolken blinzeln, um dann dem Regen wieder Platz zu machen.

Auch das gehört zur Karibik, Regengüsse, zahlreiche Überschwemmungen. Stunden danach ist der Spuk aber auch schon wieder vorbei.

Am Tag darauf wird es ernst. Der Junge muss packen und an die Heimreise denken. Zuvor hat mein Gatte im Internet nachgeschaut, was für Wetter in der Heimat herrscht. Ende Dezember, da ist bestimmt Eiszeit. Geschneit hat es abermals, bis in die Großstädte hinunter liegt der Schnee. Lange wird der auf den Straßen nicht liegen, dann wird das weiße Zeug zu einem braunen glitschigen, unansehnlichen Matsch. Das macht unserem Sohn nicht viel aus, da er gerne auf der Skipiste herumtobt, um zu boarden.

Uns sträuben sich die Haare. Wir dürfen nicht an diese Eiseskälte der Winterzeit in der Schweiz denken.

Damals, als wir mit den Hunden, dick angezogen, wie ein Michelin-Männchen, trotzdem immer noch frierend, durch den eisigen Wald gerutscht sind.

Nein, Schluss damit. Das möchten wir zwei Alten nicht mehr. Von Rheuma und Arthrose geplagt, bekommt uns das Klima auf dem Eiland besser.

Die Zeit drängt, wie müssen uns auf den Weg in Richtung Flughafen machen.

Papa, der Chauffeur, Mutter als Reiseleiterin, fahren wir in getrübter Stimmung unseren Sohn auf direktem Weg zum Flughafen. Der Junge wird sehr still, das kennen wir gar nicht an ihm. Meinem Mann und mir fällt es sehr schwer, uns nichts anmerken zu lassen. Wir beide wissen nicht, wann wir ihn wieder sehen. Klar, über Skype kann man sich sehen und sprechen, bestimmt. Und über Facebook, das hat Sohnemann auch auf dem Computer eingerichtet. Per E-Mail können wir Fotos senden und uns schreiben. Das ist aber alles nur ein Ersatz. Uns Dreien ist es mulmig und flau in der Magengegend. So ein Abschied tut immer weh. Ob damals in der Schweiz oder jetzt auf der Insel.

Warum nur sind wir so weit weggezogen? Haben wir denn das Richtige gemacht?

Ich beginne ganz langsam zu zweifeln, traurig werde ich, doch niemand soll das merken. Ich verkneife mir die Tränen und schlucke meine

Traurigkeit hinunter, obwohl ich gar keine Spucke mehr habe.

Aber eines haben wir beide aus unseren Urlauben gelernt. Sei frühzeitig am Flughafen, halte durch. Steh dir die Füße in den Bauch.

Unterhaltung hat man genug, wenn man sich hier etwas umschaut. Manch komisches Pärchen steht in der Reihe. Alternde Männer mit blutjungen dunkelhäutigen Mädchen. Frauen die um ihre Urlaubsliebe, die sie nun verlassen müssen, weinen. Solche, die sich die Haare am Stand zu winzigen Zöpfchen flechten ließen. Sonnenhungrige, die nun eine rot verbrannte Haut mit in die Heimat nehmen.

Wir sind frühzeitig genug, so bekommt unser Sohn einen guten Sitzplatz im Flugzeug. Wenn er bei den Ersten ist, kann er den Platz noch wählen. Und genügend Zeit haben wir auch noch, um uns zu verabschieden.

Die Tränen bleiben weder bei uns noch beim Sohn nicht aus. Als der Junge die Zollkontrolle durchläuft, uns noch zuwinkend, ganz langsam in den Massen der übrigen Touristen untergeht, liegen wir Eltern uns weinend in den Armen.

Im Flughafengebäude kann er sich noch Krimskrams einkaufen und etwas zu trinken. Es kostet einfach mehr Pesos. Lange stehen wir noch dort. Wollen zuschauen, wenn der Flieger mit ihm Richtung alte Heimat, der Schweiz fliegt.

Wortlos fahren wir zwei nach Hause. Wir sind sehr traurig und haben immer noch Tränen in den Augen. Wir wissen, jetzt sind wir wirklich allein. Haben keinen vertrauten Menschen mehr um uns. Keinen, dem wir einfach die Hunde anvertrauen können. Keiner, der uns des Abends unterhält. Es wird uns bewusst, was es heißt, die Kinder zurückzulassen. Loslassen. Das ist nicht einfach, nein. Vor allem für Mütter.

Auswandern ist nicht nur Sonne, Palmen, Meer und glücklich sein. Auswandern heißt auch: loslassen können. Auswandern heißt auch: Verzicht, Schmerz, Trauer und Glück.

Man muss das Glück nur erst finden. Sich selber wieder finden. Den Partner wieder mehr oder neu beachten. Zu zweit wieder mehr unternehmen und miteinander sprechen. Wir müssen uns auch wieder näherkommen. Haben wir doch vor lauter Arbeit in der Schweiz unsere Beziehung aufs Spiel gesetzt. Uns auseinander gelebt, obwohl wir vierundzwanzig Stunden zusammengearbeitet haben. Für den Partner bleibt da kaum Zeit, nein, da ist man müde. Ist mit den Gedanken immer bei der Arbeit. Ist alles eingekauft? Was bringt der neue Tag? Wie viele Gäste werden kommen? Da bleibt nicht viel Zeit für den Partner.

Wieder zu Hause zeigen auch die Hunde ihre Sehnsucht nach unserem Sohn. Noch Tage nach seiner Abreise haben die Vierbeiner nach ihrem Spielkameraden gesucht. Wartend sitzen die Hunde am Tor. Doch er kommt nicht. Es wird ruhig, still und fast ein bisschen langweilig. Zum Glück haben wir noch sehr viel zum Aufarbeiten.

17. Instandsetzung / Machtkämpfe

Jetzt geht es erst richtig los. Unser Geräteschuppen, das Jacuzzi und der Hundepool muss dringend fertiggestellt werden. Dem Schmutz im großen, nierenförmigen Pool können wir nur mit starken Reinigungsmitteln und einem Hochdruckreiniger an den Kragen. Den Hochdruckreiniger haben wir uns ausgeliehen, der eigene befindet sich immer noch im Container im Hafen von Causedo.

Der Baumeister muss sofort, wirklich sofort, antreten. Es wird sehr schwierig, ihn zu erreichen. Entweder ist er außer Haus oder in Amerika. Doch stur, wie wir beiden Schweizer eben sind, pochen wir auf unser Recht. Wir geben nicht auf. Haben für die Arbeiten, die wir aus der Schweiz in Auftrag gegeben haben, immer bezahlt. Genau wie die Nebenkosten. Unser Plan?

Wir stehen kurz vor Mittag vor seinem Haus und warten, bis ihn der Hunger nach Hause treibt. Siehe da, der Herr kommt angedüst und kann nicht mehr einfach verschwinden. Nun lassen wir nicht locker, bis er uns die wenigen Meter zu unserem neuen Heim begleitet. Noch einmal zeigt mein Mann wieder, was da alles noch nicht fertiggestellt ist.

In der Küche fehlen immer noch die Einlagebretter, ich kann nichts einräumen. Wenn dann der Container kommt, können wir nur alles irgendwo im Haus zu Türmen stapeln. Überall beginnt man mit den Arbeiten, aber nichts macht man fertig.

Ich mache mir Gedanken, die ich sofort loswerden muss. »Ach so, wir leben in der Unvollendeten. Das hat doch auch nicht jeder.«

Klar, man kann auch einfach die alten Farben überstreichen und für kurze Zeit sieht das Haus aus wie neu. Die Gästetoilette haben wir bei unserem letzten Besuch neu machen lassen, auch die neuen Kunststofffenster. Die alten Holzfenster waren so marode, das Ungeziefer freien Zugang hatte.

Das Dach haben wir neu decken lassen und das Masterbadezimmer ist vergrößert worden. Die Duschkabine und ein Whirlpool wurden eingebaut. Eben genau jene Dusche, die so gut ›abgedichtet‹ wurde, dass wir fließend Wasser im Schlafzimmer hatten.

Nun kommt genau die Dusche ins Gespräch. Außer man liebt es, nach dem Duschen im Schlafzimmer zu schwimmen. Nach langem Hin und Her hat der Baumeister sich bereit erklärt, die Duschkabine und die Wanne zurückzukaufen. Mein Mann hat festgestellt, dass die Wanne gar nicht angeschlossen war. Wie gut, dass keiner von uns ein Vollbad genossen hat. Dieses Badezimmer ist eine einzige Katastrophe. Da hat der Baumeister unter ›fließend Wasser‹ wohl etwas anderes verstanden. Ein Fluss im Bad, in der Unvollendeten, wer hat das schon? Jetzt muss doch ein knallrotes Gummiboot her.

Der Abfluss der Dusche, der ist komplett verstopft. Mörtel und Zement befinden sich im Ablauf. Mein Mann beginnt, dieses Zeugs dann mühsam wegzumeißeln. Staub wirbelt durchs Bad und Schlafzimmer. Zementstaub herrlich. Ich wurde vom Gatten losgeschickt, mich auf die Suche nach einem Wassersauger in der Nachbarschaft zu machen. Doch niemand hat ein solches Teil. So bastelt mein Mann kurzerhand seinen eigenen Wassersauger. Er stiehlt mir meinen teuren Dyson-Staubsauger, holt sich eine leere Wassergallone, bohrt ein Loch in das leere Gefäß, holt den Schlauch vom Sauger, passt alles an den Staubsauger an.

»Wenn ich Einschalten sage, schaltest du den Sauger ein, bei Aus, ausschalten OK?« Jetzt lässt er Wasser in den Ablauf.

»Starten«, ruft mein Mann, dann »Stopp«, Gallone entleeren. Das ganze Spiel wird x-mal wiederholt. Was sich da in der Gallone befindet, ist Wasser vermischt mit Zementstücken.

Es funktioniert tatsächlich. Nach einigen Stunden ist der Ablauf frei. So ein Desaster mit einem neuen

Bad. Das bringt meine Laune so richtig zum Glühen. Eigentlich will ich jetzt das Bad wieder einigermaßen in Ordnung bringen. Dieser Zementstaub hat sich überall reichlich verteilt.

Dann beginnt eine für mich typische Kettenreaktion. Ich reinige das Badezimmer und den Holzrahmen des Spiegels, der weiß vom Zementstaub ist. Die Politur, die ich für Holzsachen benötige, ist rot, knall-rot. Die rote Politur befindet sich in einer Sprüh-flasche, deren Sprühventil man einstellt. Entweder als einzelner Strahl oder als Sprühstrahl. Nicht ein einziger Spritzer geht daneben, aber mehrere kleine. Ein großer Teil der Politur verteilt sich auf der frisch gestrichenen weißen Badezimmerwand.

Leider hatte ich es, bei meiner Duselei, versäumt nachzusehen, wie das Ventil eingestellt war. Unmengen an verschiedenen Reinigungsmitteln und Laugen habe ich hervor geholt und ausprobiert. Nichts hilft, es wird nur noch schlimmer.

Chlor ist dann meine Superidee. Also greife ich mit meinen feuchten Händen nach dem Chlorkanister. Dieser rutscht mir umgehend aus der Hand. Ein Drit-tel des Chlors verteilt sich nun im Putzschrank und fließt ganz gemächlich von einer Ablage zur anderen.

Fazit: Schuhe, Küchenboden und meine Füße nass. Die rote Farbe befindet sich immer noch an der erst frisch gestrichenen weißen Wand im Badezimmer.

Das Bad ist noch nicht fertig gereinigt. Ein Gemisch aus Politur und Zementstaub verteilt sich auf der Ablage des Spiegels, auf der Kommode, den Nachttischen im Schlafzimmer.

Der Putzschrank ist patschnass und stinkt fürchterlich. Die Schuhe kommen zum Trocknen und Auslüften an die frische Luft.

Den Rest kann man sich denken. Ich bin nicht wütend. Mein rotes Gesicht spricht Bände. Nein, wütend über mich bin ich nicht. Ich Tollpatsch.

Der Feierabend rückt in weite Ferne und drinnen hält man es kaum aus. Es riecht nicht nur, es stinkt zum Himmel. So kann man sich auch Arbeit machen. Resultat der Geschichte: Auf rotes Spray verzichten. ›Eine Arbeit führe zu Ende, bis es dich blende‹, oder so.

Nach einer intensiven Pause, in der ich mich erst mal erhole vom Schock, ich wieder normalen Puls erreiche, versuche ich mein Glück von Neuem.

»Was du heute kannst besorgen …«

Nun können wir endlich eine Dusche einbauen lassen, wie wir uns das immer vorgestellt haben, wie es eigentlich auch vorausgeplant war.

Der Baumeister hat lieber wieder seine Idee mit eingebracht. Doch über Geschmack lässt sich bekanntlich nicht streiten. Jetzt wird die Dusche so gebaut, wie wir uns diese immer vorgestellt haben.

Mit Glasbausteinen wird eine Trennwand errichtet. Die Duschwanne wird dadurch viel größer, sodass wir uns beim Duschen ausreichend bewegen können. Dicht ist das Ganze und sieht auch noch gut aus. Kalle hat sie für uns gebaut. Den guten Handwerker haben wir dann immer mal wieder auch für andere Fliesenarbeiten angerufen.

Noch andere unvollendete Baustellen wurden mit dem Baumeister angesprochen. Zum Beispiel warum diese Bauprojekte nicht fertig waren. Hat der Baumeister doch eineinhalb Jahre Zeit gehabt und gewusst, dass wir am 08. Dezember 2010 mit zwei großen Hunden und sehr viel Gepäck anreisen werden. Der Container unterwegs ist und wir diesen noch im Ankunftshafen deponieren lassen müssen. Wir können daher alle unsere Sachen nicht verstauen. Und wer muss das schlussendlich bezahlen? Wir Gringos!

Es hätte sehr viel geregnet. Immer wieder diese Ausrede vom Wetter. Er betreue noch andere Baustellen. Zwei seiner haitianischen Arbeiter seien krank, vertröstet er uns. Nichts da, jetzt lassen wir uns nicht mehr veräppeln! Fertig, Schluss und Aus! Es kann einfach nicht sein, dass über ein Jahr Dauerregen herrschte. Sintflutartige Regenfälle zwei Jahre lang? Hilfe, Land unter, wo ist mein knallrotes Gummiboot? Jetzt muss der Baumeister dran glauben. Und zwar innerhalb der nächsten zwei Wochen. Wir erhalten im Januar Besuch aus der Schweiz. ES MUSS ALLES FERTIG SEIN!

Meinem Mann platzt ganz langsam der Kragen, obwohl sich am Shirt kein Kragen befindet. Die Tonlage meines Mannes verändert sich massiv. Was aber auf dem Baumeister keinen Eindruck macht. Verspricht dann aber doch, sofort vorwärts zu machen! Wir beide müssen selber auch einiges im Haus und Garten in Ordnung bringen. Da der Container immer noch im Hafen wartet, besitzen wir immer noch keinen eigenen Hochdruckreiniger und wieder einen borgen wollen wir auch nicht. Da hilft nur eines: schrubben, fegen und auf den Knien herumrutschend den Dreck entfernen. Das ist meine allerliebste Arbeit. Nicht spaßig gemeint, sondern ganz im Ernst. Putzen und schrubben, herrlich. Da kann ich herumsauen. Kann mit Wasser planschen und man sieht ein Ergebnis.

Die Hunde verstehen nicht, was sie hier sollen. Keiner hat mehr Zeit für die beiden. Warm ist es auch, kein Schnee und Eis, wie in der Schweiz. Alles ist neu und ganz anders.

Der Klimawechsel ist nicht einfach, weder für Mensch noch Tier. Die Schweiz, in mancher Hinsicht schön, hat aber auch sehr viele negative Seiten. Eben diese Schweiz hinter sich lassen und auch die Gewohnheiten. Diese Überpünktlichkeit, sich keinen Fehler erlauben zu dürfen, immer derselbe Trott.

Die Umstellung fällt uns anfangs schwer. Wir können uns nicht von heute auf morgen ändern. Im Nachhinein ist mir bewusst, dass nicht immer alles sofort fertig sein muss. Wir haben Jahre Zeit. Doch diese Schweizer Mentalität bleibt uns noch Jahre erhalten. Exakt, genau, pünktlich. Einfach alles muss perfekt sein. Kein Fehler wird geduldet. Diese Einstellung müssen wir sofort ablegen, was uns nicht auf Anhieb gelingt.

Joya und Bonita sind sich selbst überlassen, was mir im Herzen wehtut. Im Moment fehlt mir einfach die Zeit für sie. Keine langen Spaziergänge mehr. Doch rasch haben die Hunde gelernt, dass der Garten ein super Revier ist. Joya kann nach Lust und Laune jagen. Und Bonita im Garten ihre Löcher graben. Keiner von uns Hundebesitzern hat das bemerkt, dass Joya und Bonita so herumtollen. Der Rasen sieht nach kurzer Zeit eher einem Kartoffelfeld ähnlich.

Hat allerdings auch Vorteile. So muss mein Mann nicht graben, um Kartoffeln zu setzten.

Sich im nassen Schlamm und Matsch zu suhlen ist auch nicht übel. Diese rote Erde klebt super am Fell. Diese schönen weißen Fliesen auf der Terrasse. Dort gibt es ganz lustige Spuren von den schmutzigen Hundepfoten. Frauchen wird sich sicher darüber freuen.

So beginnen mein Mann und ich auf der oberen Terrasse beim Pool, den Boden zu schrubben und die Palisaden zu säubern. Moos und abgeblätterte Farbe müssen erst runter. Es sind viele Meter von Palisaden. Danach müssen wir alles streichen.

Ach, wie gut, dass ich in meinen jungen Jahren eine Gebäudereinigung betrieben habe, geht es mir durch den Kopf. So bin ich es gewohnt, Schmutz zu entfernen.

Wenn man in einem tropischen Land zwei Jahre nichts an so einem Haus macht, verkommt es in kürzester Zeit.

Uns bleibt auch nicht mehr viel Zeit, alles in Ordnung zu bringen. Am dreißigsten Januar reisen Bekannte zu uns. Es sind ehemalige gute Nachbarn aus der Schweiz. Wir möchten alle zusammen meinen ersten Geburtstag hier auf der Insel feiern. Feiern? Ich hab noch keine Lust zu feiern. Erst soll alles sauber und repariert sein, das wir Haus und Garten auch vorzeigen können. Vor allem, damit wir uns auch besser und wohler fühlen.

Viele Tage verbringen wir von morgens bis spät abends in unseren Gummistiefeln oder in den Malerklamotten. Nachts lassen wir beide uns todmüde ins Gästebett fallen, was für uns zwei ziemlich eng ist.

Ein Fliegengewicht ist mein Mann wahrlich nicht, er wird eher unter Schwergewicht eingestuft. Ich hingegen wiege kaum fünfzig Kilogramm. So knallt es mich, wenn mein Mann sich im Schlaf dreht, jedes Mal hoch in die Luft. Ich fühle mich, als würde ich auf einem Trampolin gar nicht luxuriös nächtigen. Schlafen, hüpfen und unsanft wieder landen.

Für unseren Sohn haben wir damals ein Bett ausgeliehen. Leider danach auch sofort wieder zurück gebracht. Das Schnarchen von meinem Liebsten, das Quaken der Frösche, Zirpen der Grillen, das ewige Heraufschnellen und wieder unsanft landen. Dazu gesellen sich einige Plagegeister wie surrende Mücken. Bonita macht nachts auch so ihre Geräusche!

Alles vermischt sich zu einem Horrorsong. Meine sportliche Einlage kommt dabei auch nicht zu kurz. Bonita liegt genau neben dem Bett auf meiner Seite, aber auf dem Boden, versteht sich.

Ich habe den Hunden abends Sardinen unter das Futter gemischt. Was sich nun als sehr unangenehmer Mundgeruch neben mir die Luft verpestet. Das wird bei der Hitze im Zimmer allmählich unerträglich.

Schade eigentlich, dass man beim Lesen dieser Zeilen den Geruch nicht wahrnehmen kann. Das Quaken der Frösche geht mir langsam auf den Geist.

Wieder erleide ich einen dieser Albträume: Gehe auf die Terrasse zum Pool, fische diese Frösche und Kröten mit einem Netz aus dem Pool. Übergieße diese mit Benzin und zünde das Ganze an. Hüpfende kugelblitzartige Fackeln beleuchten die ganze Umgebung.

Ich erwache schweißgebadet durch ein Geräusch seitens meines Mannes.

Zum Glück war das nur ein böser Traum. Denn so etwas würde ich nie tun, ich bin Tierschützerin mit ganzem Herzen.

Meine Nächte sind sehr kurz, aber intensiv mit einigen Turbulenzen. Mein Mann merkt davon nichts, er schläft den Schlaf der Gerechten und schnarcht lautstark vor sich hin. Werde neidisch, drehe mich von einer Seite zur anderen und das jede Nacht. Da helfen auch keine Ohrstöpsel. Ich werde langsam sauer und ungemütlich. Bis heute weiß ich nicht, ob mein Mann beim Schnarchen denkt, er zersäge Holz für seinen Pizzaofen.

Auf jeden Fall kann ich nie durchschlafen und habe wilde Fantasien beziehungsweise Albträume.

Der Holzstapel wird immer größer. Mein Mann hackt Holz, als gäbe es einen strengen Winter in der Karibik. Er steht an der Hauptstraße, verkauft das Brennholz. Oder er entfacht ein Feuer, darüber dreht sich ein Spanferkel.

Ich erwache, weil mir ein bekannter Duft in die Nase steigt. Kaffee! Zum großen Glück, kein Schwein.

Zweimal hat mein Privatkoch superleckere Pizza für uns zwei gebacken, den Teig selber gemacht, alle Zutaten sind frisch. Wir haben diese so genossen und gehofft, dass es jetzt sicher öfters frische Pizza gibt. Ein drittes Mal aber gibt es nicht, denn der Ofen zieht nicht richtig. Die Hitze für die Pizza reicht nicht aus. Die Risse im Pizzaofen werden auch bedenklich groß. So steht das Unding jetzt als Dekoration im Grill-haus. Schade, doch damit können wir leben.

Diese Baustelle nimmt mein Mann später in Angriff, wenn er sonst nichts mehr findet. Die Tage rasen dahin und langsam nehmen unsere Arbeiten Formen an. Ein Ende ist in Sicht. So wie in einem Tunnel, wo man das Helle des Ausgangs sieht. Außerhalb vom Haus ist auch alles einigermaßen vorzeigbar. Was den Garten betrifft, gibt es noch lange Gespräche mit unserem damaligen Gärtner.

Nichts ahnend vertrauen wir ihm weiter und geben ihm noch eine letzte Chance, den Garten jetzt blitzartig auf Vordermann zu bringen. Später merken wir Gringos, dass der gute Mann uns nur ausgenommen hat. Was wir später ändern und einen vertrauenswürdigen Mann aus Haiti einstellen, der noch heute unseren Garten pflegt und hegt.

18. Der Baumeister und die Reparaturen

Er kommt eines Morgens, halb zehn Uhr in der Dominikanischen Republik und bringt zwei Arbeiter mit.

Die Arbeiter begeben sich ganz langsam an die Arbeit, suchen zuerst das ganze Material zusammen, um sich dann am Geräteschuppen zu beschäftigen. Wir schauen nur kurz hin, nein, was basteln die denn da? Das kann in der Schweiz doch jeder Lehrling im ersten halben Lehrjahr besser. Und arbeiten tun sie sowieso alle nur im Zeitlupentempo. Daran müssen wir uns einfach langsam gewöhnen. Nicht lange zuschauen, sonst schlafen wir ein. Man kann dem Arbeiter, wenn er sich bewegt, die Schuhe neu besohlen. Und wenn dann mehrere zusammenarbeiten, verläuft das wie folgt:

Einer arbeitet, der andere erzählt die Neuigkeiten aus seinem Dorf, der Dritte holt Wasser und der Vierte weiß alles besser. Es herrscht ein Getratsche, als wären fünfzig Frauen in einem Schuhladen oder beim Friseur.

Tags darauf schickt uns der Baumeister einen kleinen haitianischen Wichtelmann vorbei mit dem Spitznamen KABUMM.

Der Name entstand, als der Wichtelmann zuschaut, wie ein Dominikaner eine Palme hinaufklettert. So geschickt können das sonst nur Affen. Das soll keine Beleidigung sein, im Gegenteil, wer von uns kann das schon? Das können Dominikaner sehr gut. Die klettern auf alles, ohne sich abzusichern.

Als der Dominikaner oben auf der Palme ankommt, schlägt er Kokosnüsse. Diese fallen auch prompt herunter. Da der Palmenstamm aber leicht gekrümmt ist, schnellt eine Kokosnuss an den gebogenen Stamm, prallt dort ab und trifft den Wichtelmann direkt am Kopf. Auweia, das hätte auch ins Auge gehen können. Der kleine Mann fällt hin, steht taumelnd wieder auf und schüttelt kurz seinen Lockenkopf. Weiß im ersten Moment gar nicht, was passiert ist. Schaut sich um und öffnet die kostbare Nuss, setzt sich hin und genießt sie in vollen Zügen, als sei nichts geschehen.

Von da an heißt der Wichtelmann: KABUMM.

Dieser KABUMM kommt, um den Hundepool abzuändern. Leider ist das Hundebassin, so wie es jetzt dasteht, nicht zu gebrauchen. Wir haben dem Baumeister damals eine genaue Vorlage dagelassen, als wir im Haus in den Ferien weilten. Nach genauer Absprache wurde der Pool aber nicht gebaut. Es sollten Stufen in den Pool geben. Sodass unsere zwei Vierbeiner problemlos hinein und heraus konnten.

Das Bassin hat Stufen, soweit so gut. Doch diese Stufen kann nicht mal eine Katze gefahrlos benutzen. Das grenzt an Tierquälerei, spaße ich. Die Tritte sind so winzig und schmal, da stürzt noch ein Regenwurm zu Tode.

Wie sollen denn: Erstens die Vierbeiner da runter, Zweitens. Wir, wenn man diesen putzen muss? Was mein Mann und ich regelmäßig zwei Mal die Woche machen müssen. Wir wollen keine Froschzucht mehr im Garten. Die Arbeiter sind nicht imstande eine ganz einfache Treppe in das kleine Becken zu bauen. »KABUMM wird das schon richten«, verspricht uns der Baumeister.

Was haben wir heimlich geschmunzelt, nachdem wir einige Minuten zuschauen. Das geht doch gar nicht. Ich bin kein Maurer, aber denk mir mein Teil. Diese Stufen werden nicht breiter, nur höher.

Mein Mann kann nicht mehr hinschauen. Der gute KABUMM braucht dringend Hilfe.

Ich muss für einen kurzen Moment ins Haus flüchten, um mich nicht einzumischen. Nun reißt mein Mann dem armen KABUMM das Material aus den Händen und baut selber. KABUMM sitzt grinsend da und schaut zu. Super, er hat heute frei! Zahnloses Grinsen, KABUMM strahlt. Bekommt Geld fürs Zuschauen. Und das an einem Freitag! Spitze, Rum gesichert.

Ganz erstaunt schaut er zu, wie die Treppe nun wirklich zu einer Treppe wird. Eine Treppe, die auch Menschen problemlos benutzen können. Mir geht durch den Kopf: also doch Schweizer Maßarbeit.

Den hinteren Teil der Treppe bessert mein Mann so aus, dass es eine Rampe gibt. Wie das mit unserem Baumeister eigentlich geplant und auch besprochen worden war. Der Baumeister hat einfach alles so geplant, wie seine Arbeiter es am besten können. Keine Rücksprache mit uns. Ist doch nur ein Bassin für Hunde.

Das Jacuzzi wird nun auch in Windeseile fertig gebaut. Komisch, das geht alles auf einmal sehr schnell.

Es kommt auch einer der besten Maler, wie der Baumeister verspricht, vorbei. Dieser beginnt sofort, Poolfarbe aufzutragen. Auch der große Pool wird neu gestrichen, natürlich über die alte Farbe und den Schmutz. Super Qualitätsarbeit.

Abends vergewissert sich mein Gatte, wie und was gepinselt wurde.

»Das darf doch nicht wahr sein?«, schreit er über die Terrasse. »Was nützt denn die Farbe im Jacuzzi, wenn die nur an den Wänden und auf den Sitzen aufgetragen ist? Unter den Sitzen keine Farbe? Sitze? Nein, das sind eher krumme Bänke.«

Man versuchte, bequeme Schalensitze zu mauern. Klappte nicht, so machte man das Beste daraus. Es ergab eine Rutschbahn. Wütend stampfend und fast qualmend kommt mein Mann mir entgegen. »Ist der noch beieinander? Hat der noch alle Tassen im Oberstübchen?«

Einsteigen auf eigene Gefahr. Es hat keine Handgriffe, auch kein Geländer. Diese Schalensitze sind nicht brauchbar. Ältere Leute können nicht in das Jacuzzi steigen. Wieder so ein Patzer von einem Arbeiter, dessen Hirn freibekommen hat, als er die Sitzbank baute. Mein Mann ruft den genialen Malermeister, zeigt ihm den Mangel. Der grinst nur und drückt meinem Göttergatten eine Visitenkarte in die Hand. Was soll denn das? Erst pfuschen, dann Reklame für sein Kunstwerk machen. Auf Nimmerwiedersehen.

So steigt mein Mann selber in den Jacuzzi und bessert alles aus. Dann trocknen lassen und endlich können wir in allen Pools Wasser einlassen.

Der Hundepool bekommt auch Poolfarbe. Nur an den Wänden wird gestrichen, sodass unsere Hunde nicht ausrutschen. Die beiden haben mittlerweile entdeckt, dass so eine Abkühlung super guttut.

Nach einigen Tagen haben wir bemerkt, dass der Jacuzzi nicht dicht ist. Also muss der Baumeister wieder antreten. Und was glauben sie, liebe Leser, hat der wohl gesagt?

»Das legt sich mit der Zeit, der Kalk schließt alle Löcher und Spalten.«

Übrigens rinnt der Jacuzzi heute noch und an immer mehr Stellen tritt Wasser aus. Doch wir zwei beiden haben so viel anderes zu tun, dass diese Baustelle auch wieder auf später verschoben wird. Aufgeschoben ist bekanntlich nicht aufgehoben.

Wir möchten auch mal für eine Stunde an einen Strand. Den Kopf freibekommen, planen und disponieren. Einfach nur am Meer spazieren gehen. Genießen und dabei die Seele baumeln lassen. Füße im Meerwasser baden, Wellen beobachten und eine Brise Meeresluft um die Nase wehen lassen. Genau diese Momente sind es, weshalb wir auf der Insel sind. Das tun wir jetzt auch. Ab ans Meer. Wie gut uns das tut, die Füße in den feinen Sand zu graben. Spuren im Sand zu hinterlassen. Nur für Sekunden, bis die nächste Welle alles wieder verwischt. Den Krebsen zuschauen, wie diese schnell in ihre Löcher krabbeln, als sie unsere Tritte spüren. Wie schön es doch hier auf der Insel ist. Wieder zu Hause planen wir weiter.

Der Besuch kommt bald. Das bestellte Bett muss jetzt her. Alles haben wir zwei aus der Schweiz koordiniert. Doch solche Zeitpläne, auf dieser Insel? Nein, niemals möglich. Jeder neue Tag beschert uns Auswanderern neue Abenteuer. Genau das macht das Leben hier aber auch so spannend. Nervenkitzel oder nervenaufreibend? Es kommt keine Langeweile auf. Gringos eben, die noch sehr viel lernen müssen. Die man noch oft übers Ohr hauen kann.

Die Mühlen drehen sich auf der Insel sehr langsam.

Wir beide glauben, dass die Sonne und das Bier bei vielen das Hirn beschädigt. Was wir manchmal zu sehen und zu hören bekommen, da schämen wir uns, Europäer zu sein. Doch nicht alle sind so, es gibt auch wahre Freunde hier, die uns immer hilfsbereit zur Seite stehen.

19. Container auslösen

Die Küche ist nun so weit in Ordnung. Sogar mit Einlagebrettern. Auch einen Baraufsatz haben wir machen lassen. Den hat uns ein Schweizer Schreiner gebaut, den wir per Zufall kennengelernt haben. Seine Arbeiten sind sehr gut und solide. Der Baraufsatz hat Glastüren und ist mit Holz eingefasst. Lichtdurchlässig, und so bleibt es in der Küche wie auch im Wohnbereich hell. Die Türchen schließen sich wie von selbst, wenn man diesen einen leichten Stups gibt. Wer hat es wohl erfunden? Auch ein TV-Möbel und einen kleinen Schrank hat uns der Schreiner angefertigt. Hatten uns damals, als wir ferienhalber im Haus weilten, eine Haupteingangstür beim Baumeister, bestellt. Es sollte eine breite, weiße, stabile Tür mit einem kleinen Tiffany Glas sein.

Was hat nun der Baumeister eingebaut? Wir sagen zu solchen Türen: Terrassentüren.

Voll Glas. Super, jeder, der auf die Terrasse kommt, sieht direkt ins Haus. Das wollen wir natürlich nicht. So hat der Schweizer Schreiner Bretter zugeschnitten, mit Öffnungen oben. Die hat der Zimmermann dann mit meinem Mann innen an der Türe befestigt. Blickdicht und doch kommt Licht durch. Was jedoch auch gesagt werden muss, wir sind vom Baumeister nie reingelegt oder ausgenommen worden. Immer gibt es eine korrekte Abrechnung. Hat er einen Fehler gemacht, steht er dazu und bügelt ihn aus. Gibt uns Neulingen auch Geld zurück. Oder er gibt uns wichtige Tipps und informiert uns. Im Großen und Ganzen sind wir mit dem Baumeisterpaar sehr zufrieden.

Wir werden auch noch positiv überrascht. Ich liege einen ganzen Sommer lang wirklich todkrank in diversen Spitälern auf der Insel. Da können wir beide uns zu hundert Prozent auf den Baumeister und seine Frau verlassen. Wären die Zwei damals nicht gewesen, wäre wohl einiges mit mir schief gelaufen. Sie waren die Retter in der allerletzten Minute. Retteten mich vor dem Tod. Von da an sehen wir das Baumeisterpaar mit ganz anderen Augen. Vieles wird uns auf einmal klar. Nach dem näheren Kennenlernen freunden wir uns an. Von unseren guten Schweizer ›Freunden‹ können wir das nicht behaupten. Nein, von denen werden wir einige Male bitter enttäuscht.

Endlich können wir das Okay schriftlich geben, dass das Haus von uns Auswanderern fertiggestellt ist.

Per E-Mail wird ein Termin vereinbart. Einer von uns Zweien muss nun zum Zielhafen fahren. Zum Glück haben wir beide schon aus der Ferienzeit einige gute Kontakte auf der Insel geknüpft. So haben wir unter anderem auch Sascha kennengelernt. Nun wird beraten, wer denn nun mit wem da runterfahren muss, um den Papierkram zu erledigen. Wir entschließen uns: der Mann im Haus, da Dominikaner nicht auf Frauen hören.

Sascha bietet sich an zu fahren, da er den Weg zum neu errichteten Hafen gut kennt. Perfekt Spanisch spricht er auch. Genau das Richtige für meinen Mann, ist es doch sehr wichtig, die Landessprache zu sprechen.

Morgens um fünf Uhr fahren die beiden Männer los. Erst Richtung Nagua, dann auf die neue Autobahn. Dort sind Gebühren fällig, dafür wird einem bei einer eventuellen Panne aber auch geholfen. Die Straße ist gut und die Männer fühlen sich vor allem sicher. Weiter geht die rasante Fahrt in Richtung Santo Domingo. Danach zum Hafen auf der Route zum Puerto Caucedo. Dort steht unser Container im Hafen. Ganz modern ist Puerto Caucedo. Sicherheitsstufe rot. Nicht alle dürfen da rein, nein. Genau so streng wird mein Mann dort auch untersucht, abgetastet und kontrolliert.

Die Männer dort müssen sich überzeugen, dass mein Mann keine Waffe bei sich trägt.

›Ein echter Schweizer hat eigentlich immer eine Armbrust oder ein Schweizer Militärtaschenmesser dabei‹, denkt sich mein Mann. Sie schauen nach, ob

114

der Typ, der vor ihnen steht, auch der ist, für den er sich ausgibt. Armer Göttergatte. Und das alles, ohne spanisch zu sprechen.

Alle Umzugspapiere vorlegen, Pass abgeben. Die orangefarbene Sicherheitsweste anziehen und Helm aufsetzen. Die Truppe setzt sich in Richtung Büro ›Eins‹ fort. Dort bekommt mein Mann einen Ausweis, den er sich umhängen darf. Sascha muss draußen vor dem Tor bleiben.

»Du kommst da nicht rein«, so tönt es doch sonst nur vor den Schweizer Diskotheken. Sascha hat es versäumt, beziehungsweise, sich nicht mehr erinnert, dass man geschlossenes Schuhwerk und lange Hosen tragen muss. Diese fehlerhafte Kleidung zwingt ihn nun, draußen zu warten. Mein Mann ist erleichtert, dass der Herr der Umzugsfirma etwas Deutsch spricht. Dieser zeigt und erklärt mit viel Geduld alles. Das Siegel am Container wird aufgebrochen und der Container aufgeschlossen. Jede Kiste, jede Schachtel wird ausgeladen, geöffnet und mit der Liste verglichen. Es ist brennend heiß auf dem Betonplatz. Der Betonboden glüht. Alle schwitzen.

Der nette Herr von der Firma meint: »Geben Sie mir bitte mal einige Hundert Pesos.« Getan. Der Herr verschwindet für kurze Zeit in einem Büro. Zu zweit kommen sie zurück. Der Container wird nun sofort wieder beladen. Nur die Formalitäten müssen die Zwei noch erledigen.

Nach sechs Stunden ist der ganze Spuk vorbei. Meinem Mann wird mitgeteilt, dass der Container in drei Tagen die Reise zu unserem Haus antritt. Sascha und er nehmen die Fahrt nach Hause in Angriff. Nicht ohne unterwegs ab und zu am Meer die makellosen, einsamen Strände zu besichtigen. Sascha erklärt wie die Strände heißen und was diese für eine Bewandtnis haben.

»Geschichtskunde für Anfänger«, lacht er. Natürlich dienen diese Stopps auch dazu, etwas Kühles zu trinken.

Spät abends treffen die beiden in unserem Haus ein. Sascha isst mit uns, bevor er sich auf den Nachhauseweg macht.

Pünktlich, nach drei Tagen, steht der Riesenlaster mit dem Container direkt vor dem Gartentor. Einen Anhänger parken sie einige Meter weit entfernt. Männer steigen aus einem zweiten Laster, öffnen den Container und dann beginnt es. Wie die Ameisen laufen sie hin und her. Mein Mann steht mit der Liste am Container und jeder, der eine Kiste rausholt, muss die Nummer schreien. Bei mir vorbeikommen und noch einmal die Nummer sagen.

Oh, das geht so rasch und alles auf Spanisch, dass ich den vielen Zahlen auf der Liste nicht mehr folgen kann. Je nach der Nummer sollen die Kisten in die Garage, auf die Terrasse, vor das Haus oder im Grillraum deponiert werden. Zuerst hat alles funktioniert.

Doch dann, als ich gar nicht mehr folgen kann, wird einfach alles auf die Terrasse getragen. Das Durcheinander nimmt seinen Lauf. Wenn jetzt nur kein Regen kommt. Die Kisten würden sich sonst auflösen und zu Matsch werden.

Die Kleider nass, schwer und wo trocknen?

Solche Szenen quirlen mir durch den Kopf. Doch das Wetter ist auf unserer Seite. Die Männer schuften. Auch Gärtner aus der Urbanisation helfen mit. Unser Gärtner auch, weiß er doch, dass vieles, was wir mitgenommen haben, zum Verschenken ist. Für die ganz Armen.

Für ihn vielleicht? Nach gut drei Stunden ist der Container entladen, die Fahrer werden bezahlt. Die Helfer bekommen einige Pesos und etwas zu trinken. Jetzt sind wir zwei mit den ganzen Kisten alleine.

Die Hunde, die wir einsperren mussten, dürfen endlich wieder raus. Und haben wieder mal viel zu schnuppern und zu schnüffeln. Heimatgerüche?

Einige der Kisten schleppen wir ins Haus. Dort werden diese turmhoch gestapelt. Es sieht so wohnlich aus. Genau wie vor der Auswanderung in der

Schweiz. Bevor damals der Container kam. Andere Kisten bringen wir im Grillraum unter und können nur hoffen, dass das Dach dort dicht ist.

Es kommt uns vor, als sei Weihnachten. Wir beginnen, einige der Kisten zu öffnen und auszupacken. Es kommen Sachen zum Vorschein, an die wir beide nicht mehr gedacht haben. Der Rest der Kisten und Schachteln wird in der Garage verstaut. Dort hat mein Gatte in zwei Meter Höhe einen zweiten Boden eingebaut. Nicht allzu groß, doch man kann so einiges gut verstauen. Die Hundeboxen und Kisten. Das alles hat mein Mann geschaffen, als wir für kurze Zeit auf der Insel weilten. Das Gleiche hat mein Mann auch über der Gästetoilette gebaut.

Also kann man auch dort Kisten lagern. Jetzt geht es eigentlich nur noch darum, welche Kiste wohin. Später irgendwann können wir dann alles ›untersuchen‹. Immer wieder suchen wir Sachen. Wissen haargenau, dass sie eingepackt wurden. Doch in welcher Kiste sind sie versteckt?

Vor allem aber haben wir mit der Umzugsfirma sehr viel Glück. Nichts ist defekt. Kein Glas, nichts. Alles ist da, wie wir später festgestellt haben. Nichts gestohlen. Wurden uns doch vor der Auswanderung richtige Schauergeschichten erzählt.

Nein, im Gegenteil. Wir bekommen sogar noch Geld zurück! Man sollte nie alles glauben, was einem so alles erzählt wird. Am schlimmsten sind die eigenen Landsleute. Das stellte sich später heraus.

Viel, sehr viel müssen mein Mann und ich noch lernen. Jeden Tag erfahren wir beide etwas Neues. Der Transport von unserem Material hat wunderbar geklappt.

20. Autokauf

Der Autovermieter hat uns erklärt, dass wir das Auto nicht Dauermieten können. Das wissen wir auch. Er hat gegen Ende Januar den Wagen an Urlauber vermietet.

Nun müssen wir uns aber richtig sputen. Ein geeignetes Fahrzeug muss her.

Ich weiß, dass mein Mann seit Langem seinen großen Traum hegt. Schon immer hat er von einem Pick-up geschwärmt, als ginge es dabei um eine Sexbombe. Geschwärmt hat er und konnte sich kaum mehr erholen. Fing er an von einem solchen Fahrzeug zu sprechen, hatte ich Mühe ihn zu unterbrechen. Ich möchte ihm seinen Traum erfüllen.

Die Suche beginnt. Ich finde im Internet ein Inserat in einer Onlinezeitschrift. Die deutschsprachige Zeitung, La Playa hat auch einen Kleinanzeigenmarkt. Dort sehe ich IHN, den Pick-up der Marke Chevrolet. Ein Traum in Weiß. Genau, das ist doch der Traum von meinem Göttergatten. Nichts wie dem Verkäufer mailen. Der Besitzer spricht Deutsch, super. Einfacher für mich zu verhandeln. Ein Termin wird sofort vereinbart.

Meinem Mann sage ich, dass er einen fahrbaren Untersatz besichtigen kann. Ich liebe es, meinen

Gatten zu überraschen. Natürlich hab ich ihn auf meine spezielle Weise darauf vorbereitet. Vor Tatsachen gestellt.

»Ich habe ein geeignetes Fahrzeug für dich gefunden. Nicht mehr neu, etwas Rost und einige Beulen. Doch der Wagen macht bestimmt noch so einige Kilometer mit. Es klappert wohl dies und das. Du bekommst das bestimmt wieder hin. Ich bekomme den Kleinwagen sehr günstig. Einige kleinere Reparaturen müsste man noch machen«, erkläre ich meinem etwas erstaunten Lebenspartner.

Der Verkäufer kommt aus der Hauptstadt. Besucht Freunde an der Nordküste. So kann ich den Termin direkt vor unserem Haus ausmachen. Drei Tage später steht der Verkäufer mit Pick-up vor dem Haus. Ich rufe meinem Mann zu: »Du kannst diese Rostlaube nun begutachten kommen.«

Große Augen, den Mund weit geöffnet, so steht mein Gatte vor dem Wagen. Der Pick-up sieht gepflegt aus. Hat einzig winzige Kratzer dem Alter entsprechend. Er darf auch sofort eine Probefahrt machen.

Der Verkäufer begleitet ihn. Hat er Angst um seinen Wagen? Mein Partner fährt: Lastwagen, Motorräder, Militärfahrzeuge, also gibt es keine Probleme, den mit Automatik betriebenen Pick-up zu lenken.

Auch die Steuerradschaltung bekommt er anscheinend sofort in den Griff. Die Ausfahrt dauert.

Ich fühle, dass ich wohl den Nagel auf den Kopf getroffen habe. Er verliebt sich sofort in den Pick-up. Das hab ich doch geahnt und ich bin stolz auf mich. Darf ich doch, oder? Zu Hause angekommen wird über den Preis verhandelt. Der Verkäufer schlägt vor, dass er das Umschreiben der Papiere und noch eine kleine Reparatur vornehmen will.

Was wir aber alle vergessen haben, ist die Beglaubigung, dass der Wagen nicht als gestohlen gemeldet ist. Das müssen wir veranlassen. Ein guter Bekannter, der sich damit auskennt, übernimmt das für uns.

Jetzt können wir loslegen. Jegliches Material einkaufen. Kein Problem. Jedes Gelände wird zu einer Spazierfahrt.

Mein Gatte möchte mich unbedingt überreden, dass ich mich einmal ans Steuer setze. Doch das ist und bleibt nicht mein Wagen. Nein, nie im Leben werde ich so ein Monster fahren. Mir ist dieser Wagen viel zu mächtig. Ich sehe kaum die Straße. Mir ist das Fahrzeug zu lang und zu breit. Ich kann und will das nicht einschätzen müssen bei der Suche nach einem Parkplatz.

Nein, den fahr ich nicht. Ich will einfach nicht. Schluss, fertig, aus. So trotzig und stur kann ich sein. Ich traure doch immer noch meinem eigenen schönen, weißen Jeep Grand Cherokee aus Kanada hinterher. Diesen, meinen Wagen in der Schweiz hat mir mein Mann zu einem Geburtstag geschenkt.

Ihn zurück zu lassen, war schon hart genug. Einmalig in der Schweiz.

Es folgen Probefahrten jeglicher Art. Doch jederzeit mit einem Hintergedanken, mich doch noch umstimmen zu können. Daraus wird nix.

Eines weiß ich, irgendwann kaufen wir uns einen Zweitwagen für mich. Handlich, praktisch, gut.

Nun besuchen wir damalige Freunde. Diese wohnen in La Mulatta. Besitzen drei Pferde, Hunde und eine Katze. Eine Schlange hat sich seit einigen Jahren in ihrer Sattelkammer niedergelassen. Die räumt auf mit Ratten und anderem Getier. Auch einen Leguan haben sie für kurze Zeit bei sich zu Besuch. Der sitzt da seelenruhig auf dem Dach der Reithalle und sonnt sich. Wilde Papageien fliegen pünktlich jeden Morgen um sieben Uhr und landen auf den umliegenden Palmen. Beginnen durch ihr Krächzen alles zu wecken, was noch in den Betten am Schlafen ist. Man hat keine Chance, das zu überhören. Und einige Fledermäuse, die an der Decke ihrer Veranda übernachten und den Boden total verschmutzen, haben sich da wohnlich eingerichtet. Wir besuchen die Freunde einige Male. Sie kommen auch ein paarmal zu uns, um Karten zu spielen oder zum Essen. Oder man geht zusammen auswärts essen.

Später hat sich das ganz plötzlich geändert. Wir waren zwanzig Jahre lang befreundet, dann auf der Insel ist alles vorbei. So viel zu guten Freunden. Sie haben uns so richtig reingelegt. Nur einzelnen Emigranten kann man hier vertrauen. Da reichen auch zwei bis drei gute Freunde oder Bekannte, dass genügt. Jeder muss selber seine Erfahrungen machen und nicht blauäugig allem und jedem vertrauen. Wir lernen viele Bekannte und auch neue Freunde kennen. Mit denen man Spaß haben oder auch mal ernsthafte Gespräche führen kann. Abende oder Tage verbringen wir gemeinsam am Meer in Restaurants. Mit Bekannten Ausflüge machen und die Gegend erforschen. Neuen Anschluss zu finden, ist für uns nicht schwer.

Mit unserem Pick-up können wir auch solche Straßen befahren, die man mit einem normalen Auto nicht wagen sollte. Flussbette, die man benutzen muss und die zu Straßen umfunktioniert wurden, da bei starkem Regen die normale Straße unterspült und weggerissen wurde. Brücken, auf die man sich eigentlich nicht wagen sollte. Die aus Resten von irgendwelchen morschen Brettern zusammen gezimmert und mit rostigen Nägeln befestigt wurden. Ein richtiges Wagnis, Erlebnis und ein Nervenkitzel ganz besonderer Art, wenn man hundert Meter durch die Spalten im Holz in die Tiefe blicken kann.

Mein Mann fährt, ich werde zur Kopilotin und Straßenkartenleserin ernannt, was ab und zu in einer Katastrophe endet. Wir befinden uns irgendwo im Nirgendwo und die Geier kreisen auch schon, wie ich meinem Mann mitteile. Für mich sieht so eine Karte eher wie ein Schnittmuster für ein Sommerkleid aus. Verfahren ist mit mir als Beifahrer an der Tagesordnung. Mein Mann flucht, das tut er selten.

»Kannst du denn nicht einmal die Straßenkarte richtig herum in die Hand nehmen?«

Trotzdem suchen wir weiter. Oder genau deshalb? Orte, die es wert sind zu sehen und sie zu zeigen, wenn Besucher da sind. Und siehe da, wer suchet, der findet. War es Zufall, oder hab ich endlich begriffen, wie man eine Karte liest? Eine Badebucht. Menschenleer! Nur ein kleines Restaurant. Eine naturbelassene und mit Palmblättern bedeckte Holzbude. Das Huhn, das wir zum Essen bestellen, muss erst ein Typ holen. Vor Ort wird es geschlachtet, gerupft und gekocht. Ich möchte das nicht sehen. So spazieren wir am langen Strand entlang, bis man uns ruft. Es schmeckt super, hierhin kommen wir noch öfter, aber dann mit Gästen.

So können wir nach Puerto Plata fahren. Einkaufen und fehlendes Material kaufen. Shopping, Shopping so richtig nach Lust und Laune. Schuhe? Nein. Aber Bretter, Zement, Sand und Steine. Alles selbst transportieren. Wie sind wir froh, so ein Auto zu besitzen. Mein Mann ist stolz, solch einen Traumwagen sein Eigen zu nennen.

Ein wahrer König der Landstraße. Nun hier zu Hause in der Dominikanischen Republik. The King of the Road ... oder so.

Gärtnereien werden besucht. Nie kommen wir ohne einen Strauch, Baum oder Blumen zurück. Mein Partner gestaltet den Garten, besitzt er doch den supergrünen Daumen. So sieht der Garten einfach nur traumhaft aus. Und das in kürzester Zeit. Viele Bananen müssen nun her. Verschiedene Sorten von Früchten, deren Namen wir hier zum ersten Mal hören. Bevor unser Besuch kommt, werden Orchideen gekauft. Wo wir sie platzieren, ist uns sofort klar. Man soll diese schönen Pflanzen von der Terrasse und auch vom Haupteingang aus sofort sehen können. Es wird zu einer Sucht. Immer wieder tragen wir andere Orchideenarten nach Hause. Mein Mann holt spezielles Material, zusammen mit einem netten Dominikaner. Dieser zeigt, wie man die Orchideen an diesem Material befestigt. Alte Vasen aus Ton, Krüge mit Rissen und Tonscherben werden dazu gelegt. So dekorieren und beleuchten wir diese wunderschönen Orchideen.

Wieder einmal benutzen wir das Fahrzeug. Sperriges Baumaterial, das in keinem normalen Kofferraum Platz findet, können wir auf der Ladefläche bequem nach Hause transportieren.

Nur, wenn dann der Regen kommt, ist ein Großeinkauf nicht von Vorteil. Genau so ein Tag ist das nun. Der Großeinkauf ist erledigt. Hundefutter, Waschpulver, Tüten mit Mehl, Reis, Gemüse, Milch und Nudeln. Alles wird auf die Ladefläche bugsiert. Was in der Karibik normal ist: Die Sonne scheint. Urplötzlich kommt ein Regenguss. Dass es dann wie aus Kübeln schüttet, sich auf alles ergießt. Einsteigen und sofort ab nach Hause. Mein Lebensgefährte glaubt wohl, je flotter er dahinrast, umso weniger Wasser landet auf der Ladefläche. Ängstlich bin ich, wenn es so schüttet, und jammere meinem Gatten die Ohren voll.

»Bitte fahr mit gedrosselter Geschwindigkeit. Die Straßen sind nicht wie in der Schweiz.« Nie weiß man, wo sich ein Loch oder Grube in der Straße vor dem Wagen öffnet. Eine Baustelle, eine Kuh oder ein Pferd sich auf die Fahrbahn verirrt hat. Baustellen oder Autos, die den Geist aufgeben, lässt man einfach stehen. Legt ein Windlicht auf dessen Dach. Glauben die Menschen hier doch, dass so ein Teelicht einfach weiter brennt, dies natürlich bei jeder Wetterlage. Auch bei starken Windböen oder Regengüssen.

»Wir werden weder verfolgt, noch haben wir etwas gestohlen, bitte fahr' langsamer«, flehe ich meinen Mann an.

Endlich sind wir doch noch zu Hause angekommen. Jetzt möchten wir erst mal einen kurzen Blick auf die Ladefläche werfen. Schön ist der Anblick nicht, nein, es sieht eher so aus, als hätte eine Kuh alles schon einmal im Maul gehabt. Irgendwie hat das Hundefutter mit Mehl und den anderen Zutaten der Kuh wohl nicht geschmeckt. Alles liegt nun wie vorgekaut und wieder ausgespuckt vor uns. Guten Appetit! Was man von dem Material noch brauchen kann? Kaum etwas. Die Lebensmittel haben sich miteinander vermischt. Aufgelöste Papiertüten, das Mehl mit dem Reis, Gemüse, Hundefutter, dass das Waschpulver nicht zu schäumen beginnt, ist ein Wunder. Die Milchtüten sind zum Teil aufgeplatzt. Das Ganze riecht und es sieht alles so appetitlich aus. Toll diese Pappe! Mülltüten, Schaufel, Besen und die Schweinerei zusammenkehren. Retten, was noch zu retten ist bei strömendem Regen.

Hat schon mal jemand versucht, im Wasser einen Besen zu benutzen?

Zum Glück schüttet es noch immer und so wird der Wagen im Nu wieder sauber.

So viel zu einem Großeinkauf mit meinem selbst ernannten König der Landstraße.

›Herrgott noch mal, alles umsonst, kostet doch alles Geld‹, geht es mir durch den Kopf. Also müssen wir von nun an Planen und Spannseile ins Auto legen. Man weiß nie, wann das Wetter von einer Minute zur anderen wechselt. Doch genau das ist es, was jeden Tag so spannend macht.

Im Nachhinein ist es immer lustig. Klar lach ich heute über solche Vorfälle. Mit viel Spaß und der Straßenkarte die Insel in kurzen Trips erkunden. Denn da sind ja immer auch noch die Hunde. Wir möchten Bonita und Joya einfach nicht stundenlang allein zu Hause lassen. Die kurzen Ausflüge tun uns sichtlich gut. Der Stress der letzten Monate liegt uns immer noch schwer in den Knochen. So können wir neue Kraft tanken. Es tut so gut, nur zu zweit am Meer entlang zu laufen, einander an den Händen haltend. Einfach miteinander sprechen, da zu sein für den anderen. Wir genießen jede freie Minute. Die Insel ist so schön, hat so viel zu bieten, man muss es nur sehen.

21. Das neue Bett

Beim letzten Ferienaufenthalt haben wir uns ein Bett nach Maß bestellt. Hugo ist bekannt für seine gute Qualität an Rattan-Möbeln. Es wird Zeit, dass Hugo das Bett und die Kommode liefert. Wir fahren in seine Werkstatt, um den Restbetrag zu begleichen. Erst möchten wir die Möbel aber anschauen. Es sieht alles super aus. Die Farbe, das Innenmaß des Bettes zwei auf zwei Meter. Die Kommode, alles bestens. Ein Termin für die nächsten Tage wird vereinbart.

Es muss nun schnell gehen. Der Besuch kommt bald. Im Gästebett will und kann ich einfach nicht länger liegen. Habe genug vom Trampolin und beherrsche zurzeit fast alle Sprünge. Olympiareif wohlverstanden. Hugo hat drei Tage später Zeit, liefert das Bett und die Kommode frei Haus.

Freude herrscht vor allem bei mir! Endlich ein richtiges breites Bett. Zwei einzelne Matratzen. Kein Trampolinhüpfen mehr des Nachts.

Das Gästebett ist dann auch frei für die Besucher oder für mich, falls mein Mann wieder Holz sägt, so kann ich die Flucht ergreifen.

Passende Bettwäsche habe ich extra in der Schweiz besorgt. Mehrere Spannbetttücher zwei auf zwei Meter. Super Qualität. An alles hab ich gedacht, auch an die Federbetten und Kissen. Federbetten? Es kann im Winter sehr kalt werden.

Der große Tag kommt und Hugo liefert. Die Hunde ins Gästezimmer sperren. Eingangstür beide Flügel und Gartentor öffnen, damit Hugo und seine Arbeiter freie ›Fahrt‹ mit dem extragroß angefertigten Bett haben. Die Arbeiter von Hugo tragen das Bett bis ins Wohnzimmer. Dann die Frage, wie bringen die Männer das Bett ins Schlafzimmer?

Zum Schlafzimmer muss man das Bett durch einen echten Engpass tragen. Es ist zu eng oder das Bett zu sperrig. Keine Chance. Wie Sie das Bett auch drehen und wenden, Sie bringen es nicht um die Kurve und schon gar nicht durch die Zimmertür.

Was nun? Hugo kratzt sich verlegen in den Haaren. Man sieht, dass es in seinem Hirn arbeitet. Und wie es da rattert. Er läuft wie von der Tarantel gestochen durch das Wohnzimmer. Immer wieder bleibt er stehen, möchte etwas sagen. Schweigt, kratzt sich und läuft seine Runden. Es hat schon Abnutzungsspuren auf dem Fliesenboden.

Dann endlich ein Schrei. »Ich habe die Lösung.« Hugo teilt uns seinen Plan mit. »Das Bett halbieren, die einzelnen Teile in das Zimmer tragen und wieder zusammenschrauben«, meint Hugo. Dann noch mit drei Pfosten (Füssen) in der Mitte stabilisieren.

Ich bin platt. Lange finde ich meine Sprache nicht mehr. Und das will was heißen. Doch dann. Ich lass meinem Frust freien Lauf. »Wie könnt ihr nur ein handangefertigtes, ganz neu fertiggestelltes schönes Bett, halbieren?«

Mir tut das im Herzen weh als Hugo, antwortet: »Mit einer Säge.«

Mein Mann dreht sich zur Seite. Ich schiele zu meinem Gatten und kann es kaum glauben, was ich da sehe. Er grinst, nein er lacht still vor sich hin. Das Bett hat eine Menge Geld gekostet. Jetzt möchten die Männer es zersägen? Und mein Mann? Hilft noch dabei. Unglaublich! Hugo und mein Göttergatte reden auf mich ein. Das Bett muss doch ins Zimmer. »Eine Wand herausbrechen können wir doch nicht. Also bleibt nur die Säge.«

»Okay. Macht mal Männer.« Ich kann und möchte nicht zuschauen, wie das Bett in Stücke zersägt wird.

»Ihr könnt mich dann rufen, wenn alles an Ort und Stelle steht und benutzbar ist.«

Mein Mann ist kein Fliegengewicht. Man stuft ihn doch eher als Schwergewicht ein, mit einem Kampfgewicht von achtundneunzig Kilogramm. Möchte dann nicht mitten in der Nacht auf den Boden knallen. Also werden die Sägen geholt und ich hau ab. Die beiden Männer fluchen und schwitzen. Hugos Arbeiter kann man nicht gebrauchen. Die stehen nur grinsend in einer Ecke. Hugo vertreibt sie, sie sollen vor dem Auto warten, dieses bewachen und nichts anfassen.

Neugierig, wie ich nun eben bin, kann ich es mir nicht verkneifen. Muss einfach mal einen kurzen Blick ins Zimmer werfen.

Beine sehe ich, zwei Paar die unter dem Bett hervor lugen. So schleiche ich leise wieder hinaus. Auf der Terrasse kann ich nämlich ungestört durch das Fenster ins Schlafzimmer gucken. Genau das tue ich dann auch. Verdeckt ermitteln, nennt man das. Im Schlafzimmer wird geschraubt und gehämmert. Geklebt oder geleimt, dazu gejammert und geflucht. Ich werde gerufen, die Männer sind in Schweiß gebadet, kurz vor dem Verdursten sind die zwei Helden.

»Wir hätten Durst«, meint mein Mann. Na gut, ich kann ja nicht so grausam sein. So bekommen die zwei Sägen schwingenden Kerle jeder ein Glas Limonade mit vielen Eiswürfeln. Nun werden die zwei Männer noch mehr schwitzen. Strafe muss sein, denn wer ein neues Bett zersägt, muss büßen. Wiederum beziehe ich meinen Beobachtungsposten.

Ich möchte einfach am Abend in meinem Traumbett auf den weichen Matratzen versuchen zu schlafen. Falls mein Mann nicht schnarcht. Die Matratzen haben wir in der Schweiz gekauft. Neustes Material. Die Milben haben keinen Zugang und man soll angeblich nicht schwitzen. Das funktioniert aber auch nur in Europa, merken wir dann im Sommer. Diverse Zonen der Matratze sind verstärkt. Ein abnehmbarer, waschbarer Bezug, das ist hier sehr von Vorteil. Endlich ins eigene andersartige Bett fallen lassen.

Die Männer geben sich ja sehr viel Mühe. Man sieht nicht mehr, dass das Bett zersägt worden ist. Sogar die Zierbänder werden wieder montiert. Jetzt muss diese Bastelei nur noch halten. Hugo ruft, ich gehorche und trabe an.

»So, nun dürft ihr beiden Mal Probe liegen und ich knipse dann ein Foto«, schlägt uns Hugo vor. »Ich möchte um keinen Preis der Welt das Spektakel verpassen. Es kann ja sein, dass ihr zwei auf den Boden knallt. Dieses Bett nicht hält, wenn ihr zwei darauf wild herumturnt«, lacht Hugo.

Meine Antwort kommt prompt: »So wenig Vertrauen in deine Arbeit, Hugo? Und Fotos? Du bezahlst Eintritt, dann kannst du knipsen.« Spaßvogel Hugo. Was eben nicht passt, wird passend gemacht. Das ist die Devise von Hugo. Muss man auf der Insel ein Alleskönner sein. Improvisieren ist (über-)lebenswichtig.

Hugo und mein Mann setzen sich auf die Terrasse und genießen jeder ein Bier. Auch die Arbeiter bekommen zu trinken. Haben sie doch Hugos Auto bewacht.

Die Frau des Hauses holt den Staubsauger. Mache mich an die Arbeit, all die vielen hinterlassenen Säge-rückstände wegzusaugen.

Kurz danach verabschieden wir uns von Hugo und danken ihm für die geleistete Arbeit.

Es wird Abend und wir testen unser noch nicht gebrauchtes Bett. Ohne Hugo natürlich. Es sieht nicht nur Spitze aus. Nein, wir schlafen beide herrlich darin. Endlich kein Hüpfen und auch keine unfrei-willigen Flugstunden mehr. Erst gegen morgen werde ich von kalten, nassen Hundeschnauzen geweckt. Pfoten, die sich auf dem Bett abstützen, große Augen, die mich anhimmeln. Mehr erzähle ich nicht über diese Nacht. Das dauert zu lange …

Joya und Bonita verlangen: ›Lass uns endlich raus, wir möchten jagen, spielen. Unsere Notdurft erledi-gen.‹ Sechs Uhr morgens. Noch ist es dunkel. Jetzt muss ich mal ein ernstes Wort mit den Vierbeinern sprechen: »Seid ihr Hunde noch zu retten? Mitten in der Nacht! Jetzt wird gewartet. Punkt.«

Ich drehe mich wieder auf die andere Seite. Mein Mann opfert sich, steht auf und lässt die zwei Rabau-ken in den Garten und brüht frischen Kaffee auf. Die-sem Duft kann ich natürlich nicht widerstehen.

Also raus aus den Federn. Es folgen noch viele Nächte, in denen wir das Bett austesten können oder so. Erst einmal ganz gemütlich auf der Terrasse eine Tasse Kaffee zu mir nehmen und den spielenden Hunden zuschauen. Ein Vogelgezwitscher. In jeder Tonlage singen sie nur für uns. Einer der Vögel unterhält uns, da kann jeder Kanarienvogel einpacken. Kein anderer kann so viele Fremdsprachen zwitschern. Nur dieser auf der Palmenspitze Sitzende. Ist es eine Spottdrossel? Keine Ahnung, aber dieser Vogel beherrscht mindestens elf Sprachen. Kolibris, die unseren roten Hibiskus anfliegen und jede der Blüten besuchen. Dort naschen und sofort wieder wie Helikopter stillstehend sich nach anderen Blüten umsehen. Schmetterlinge in allen Farben und Größen besuchen uns. Grüne und braune Echsen jagen Ameisen. Echsen, die ihren Hals bei Gefahr oder zur Balz aufblähen können. Rotorange leuchtend. Den Sonnenaufgang betrachten. Herrlich diese Ruhe. Nur die Tiere beobachten, lauschen. Ja, genau so haben wir uns die Karibik vorgestellt.

22. Fliesenleger Kalle

Dieser Fliesenleger hat bei unserer neuen Dusche den Boden gefliest. Winzige blaugraue Steinchen verlegt. Rutschfest. Toll sieht das aus. Kalle, unsere neue Errungenschaft, behandelt mit einem speziellen Mittel die Natursteine (Coralino). Der Rundbogen zur Küche ist so gemauert worden. Fast so wie ich es dem Baumeister aufgezeichnet habe. Dieser Bogen trennt die Küche zum Wohnraum und macht den großen hellen Raum viel wohnlicher und gemütlicher. Sieht erst noch edel aus.

Als mein Mann damals das Haus kaufte, ist die Küche noch ein abgeschlossener Raum. Eine kleine Lücke in der Wand sollte als Durchreiche dienen. Das gefällt mir gar nicht. So wird gemeinsam beschlossen, die Wand aufzustemmen und der Rundung wird eingebaut. Habe alles genau aufgezeichnet, wie es aussehen soll. Zwei Säulen links und rechts und darauf der Rundbogen. Es ist dann leider etwas abgeändert worden. Egal, Hauptsache die Wand ist weg.

Offene Räume braucht man hier. Hohe Räume, viele Fenster und Türen, damit die Luft gut zirkulieren kann.

Kalle hilft uns mit vielem. Auch den Terrassenboden im Grillraum hat er instand gesetzt. Der Boden besteht aus Natursteinen, die sehr uneben verlegt sind. Nun hat Kalle sie so abgeschliffen, dass der Esstisch und die Stühle geradestehen können. Ohne dass, wenn jemand ein Glas auf dem Tisch abstellt oder ein anderer sich aufstützt, der Tisch wackelt, das Glas umkippt. Es danach eine feuchte Überraschung gibt. Oder man setzt sich auf einen Stuhl und kippt dauernd vom hinteren Stuhlbein zum vorderen. Dass es nicht zur Gewohnheit wird, mit dem Stuhl zu wackeln, bis man unglücklich hinfällt. Das alles sollte nun ein Ende haben. Kalle hat geschliffen und verlegt. Es hat gestaubt und er hat geflucht.

Drei Tage später veranstalten wir eine Probeparty. Müssen testen, ob nun wirklich nichts mehr wackelt. Freunde und Bekannte laden wir ein. Es wird ausgiebig gegessen und gefeiert. Kein Tisch, kein Stuhl wackelt, dafür dann später einige Personen. Die wanken dann gemeinsam zu den Fahrzeugen und wagen sich auf den Nachhauseweg. Irgendwann einmal erzählt uns ein Bekannter, dass er einäugig den Weg nach Hause findet. Wie ein Pirat hat er sich ein Auge zugehalten, um die Straße einigermaßen gerade befahren zu können. Ein Prosit, das nichts passiert ist. Ein Pferd hätte den Weg wohl alleine gefunden …

Natürlich haben wir Kalle, den Fliesenleger, auch weiter empfohlen. Er hat immer viel Arbeit, und wenn er in der Nähe ist, kommt er bei uns auf ein Bier vorbei. Aus dem einen werden einige. Vor allem wird es jedes Mal ein lustiger Abend. Zu einem späteren Zeitpunkt kommt Kalle noch einmal und fliest unseren Pool, was super aussieht. Nur zu empfehlen dieser Kerl.

Denn die Poolfarbe ist hier nicht viel wert. Keine gute Qualität. Die glühende Sonne tut der Farbe auch nicht unbedingt gut. Jedes Jahr müsste man den Pool sonst neu streichen. Mühsame Arbeit. Alte Farbe abschleifen, putzen und erneut Farbe auftragen.

23. Besuch von Nachbarn aus der Schweiz

Klara und Johann waren lange Zeit unsere Nachbarn in der Schweiz. Öfters trafen wir uns zu einem gemütlichen Pizza-Plausch. Johann hatte sich damals in seinem Gartenhaus einen Pizzaofen selbst gebaut. Fast jeden Samstag roch es im ganzen Quartier nach frischem Brot. Immer nach dem Pizzabacken schob Johann Brot in den Ofen. Im Winter, wenn wir mehr Zeit hatten, saßen wir vier öfters zusammen und genossen den Abend bei einem Käsefondue.

Nun haben sich Klara und Johann vorgenommen, uns auf der Insel zu besuchen. Klara und Johann sind auf der anderen Seite der Insel, in Punta Cana, in den Ferien. Am Tag vor meinem ersten Geburtstag auf der Insel treten sie die Reise Richtung Norden an.

Gegen vierzehn Uhr kommen sie bei uns hier im Haus an. Mit einem ›Hallo‹, das man bestimmt in der nächsten Stadt hört, begrüßen uns die beiden.

»Kommt erst einmal herein. Erholt euch von der anstrengenden Fahrt über die Insel«, begleiten wir sie auf die Terrasse. Dort warten die Hunde freudig wedelnd, erkennen rasch den Geruch der ehemaligen Nachbarn.

Zuerst genehmigen wir uns alle einen Willkommensdrink. Mein Mann serviert die Pina Colada in einer frischen Ananas und dekoriert die Getränke mit Hibiskusblüten.

Viel haben wir vier uns zu erzählen. Sind wir doch erst vor eineinhalb Monaten ausgewandert. Und doch gibt es schon einigen Gesprächsstoff. Viel ist inzwischen vorgefallen. Mal Lustiges, dann wieder Ärgerliches. Auch in der alten Heimat hat sich sehr viel verändert. Die Zeit vergeht wie im Fluge.

Klara und Johann packen jetzt erst mal die Reisetaschen aus, sich frisch machen.

Danach wird der Grill eingeheizt, Beilagen gekocht. Blumen, Teller, Gläser, Besteck und Rotwein werden aufgetischt. Johann meldet sich kurz ab und zieht sich in den Garten zurück.

Komisch. Mein Mann folgt ihm. Gibt es da etwa ernste Männergespräche? Beide kommen aber nach kurzer Zeit zurück. Als wir zwei später am Abend alleine in der Küche stehen, klärt mich mein Mann auf. Johann ist immer noch Raucher, obwohl er seiner Frau versprach, damit aufzuhören. Klara soll das nicht merken. Also tut Johann so, als müsse er unbedingt die Pflanzen im Garten anschauen. Die Zigarette hat er schön in den Händen versteckt, falls Klara folgt.

»Essen fassen«, ruft mein Privatkoch.

Jetzt wird aber geschlemmt, erzählt, gelacht und die Hunde liegen uns zu Füßen. Es kann ja sein, dass etwas per Zufall runterfällt. Schmatz.

Später trinken wir alle Kaffee. Die Männer möchten etwas dazu. Gut gelagerten Rum Run añjecho, aus dem Holzfass, als Abschluss. Dazu gehört natürlich eine gute handgedrehte Zigarre. Eine dominikanische Cohiba.

Klara kann nichts einwenden als Johann eine der guten Zigarren angeboten wird. Sie versucht es wohl, ihn davon abzubringen. Mein Mann aber meint: »Lass deinem Mann mal die Freude. Wir sind in der Karibik.« So wird es spät und der Rum geht langsam zur Neige. Klara verabschiedet sich.

»Ich gehe ins Bett, kommst du auch Johann?«

»Ich bleibe noch etwas und lege mich dann später dazu. Schlaf gut«, meint Johann trocken. Etwas aufgebracht verlässt sie die Runde, da Johann ihr nicht direkt folgt. Zu vorgerückter Stunde erzählt Johann dann, was bei ihnen nicht mehr stimmt. Klara vertraut Johann nicht mehr. Alles und jeden kontrolliert sie. Es wird für ihn zur Tortur. Johann weiß, dass er für ein Jahr nach Ungarn muss oder eher darf. Geschäftlich. Er soll dort eine große Baustelle leiten. Klara möchte unbedingt mit. Ihm aber wäre es lieber, ohne Klara zu reisen. Monate danach erfahren wir, dass Klara tatsächlich mitgereist ist. Sogar in derselben Firma arbeitet. Sie kocht für die Arbeiter. Hat sich aber total überschätzt, ohne Sprachkenntnisse, in der Pampa alleine zu sein. In einer Wohnung, die eine bessere Absteige ist. Johann, der viel arbeitet. Seinen Feierabend immer mehr hinaus zögert, nur damit er nicht nach Hause muss! Einkaufen wird dort zu einem Spießrutenlauf. Gemüse gibt es kaum. Geklaut wird alles, was nicht gesichert ist. Eine schlimme Zeit in Ungarn für Klara und Johann.

Am nächsten Morgen sind alle ausgeschlafen. Klara fühlt sich gut, Johann eher verkatert. Wir frühstücken wie üblich auf der Terrasse. Danach fahren wir mit den beiden Gästen los. Zielort ist la Bocca.

Super schön gelegen. Es hat dort eine kleine Bar. Man kann fangfrischen Fisch, Garnelen und Langusten essen. Schon die Fahrt dorthin ist ein Abenteuer für die Besucher. Herrliche Landschaften bieten sich den Neuankömmlingen zum Staunen an.

Vor uns auf der Hauptstraße fährt ein uralter klappriger Pick-up, dessen besten Tage längst vorüber sind. Die Ladefläche ist voll beladen.

»Guckt doch mal, was der da vorne für eine Schweinerei auf die Ladefläche geladen hat, so eine Sauerei.«

Johann meint: »Was meinst du denn?«

»Na, guck doch, wie viele Schweine er geladen hat.« Alle quietschen freudig. Ihre Nasen, die wie

Steckdosen aussehen, in den Fahrtwind haltend. Die Schweineohren können bei dem Schneckentempo gar nicht flattern. Der Landwirt bringt sie nun auf seine Wiese. Den Bauern haben wir schon einige Male gesehen und wissen auch, wo er seinen maroden Stall hat, aber kaum Land rundherum. Also hat er diese Schweinerei auf die Ladefläche getrieben, fährt so zu seinem Land, wo sich die Schweine im Schlamm suhlen können. Glückliche Schweine.

Der Anblick hat aber keinem der beiden Eindruck gemacht. So biegen wir nun in die Nebenstraße. Eine holprige Reise beginnt, was dem Ehepaar wieder nicht passt. Von Weitem sieht man nun, wohin diese Sand- und Steinpiste führt. Ab und zu sieht man das Meer, das dunkelblau durch die Sträucher schimmert. Die Fahrt endet unter Palmen im Sand.

Für uns ein traumhafter Ort. Der Süßwasserfluss mündet ins unruhige, schäumende, aber herrliche Meer. Am langen Naturstrand findet man Muscheln und Schwemmholz. Mit jedem Besucher fahren wir in die la Bocca, jedes Mal sind wir von Neuem angetan. Es sieht einfach märchenhaft aus. Fischer sind im Fluss beschäftigt. Boote bringen Gäste in die Bar. Vor allem an einem Sonntag ist dort Partytime. Ein kleines Radio und überdimensionale Musikboxen werden aufgestellt. Die Musik klingt nicht, es kratzt und ist nur laut. Typisch dominikanisch! Spaß soll es machen, tanzen, lachen und zusammensitzen. Mittlerweile sieht man uns mit den Freunden fast jeden Sonntag dort, um leckeren Fisch zu essen.

Doch am 31.01.2011 ist nicht so viel los. Klara sieht sich kaum um. Merkt nicht, wie schön es ist. Kein Auge für eine solche üppige Natur. Sie hat einfach nur ein Problem: Johann. Klara kann einem den ganzen Tag vermiesen.

Doch nicht mit uns nein, jetzt erst recht, Party. Wir bestellen uns Fisch, Langusten und Johann verführen wir zu einem Drink. Die Langusten sind wie immer köstlich. Johann bestellt und schmatzt zufrieden. Klara verdreht die Augen, bestellt sich nur Reis und Wasser.

Happy Birthday. Man sieht bei beiden keine leuchtenden Augen, kein »oh wie schön«, kommt über ihre Lippen. Nur einen verhärmten Gesichtsausdruck. Es kann nur noch besser werden. Lange halten wir diese miese Stimmung nicht aus. So treten wir kurzerhand wieder die Heimreise an. Alle sind wir wohlbehalten im Haus angekommen.

Mein Mann macht Klara und Johann den Vorschlag, doch noch in den Pool zu hüpfen. Was Johann auch sofort tut. Klara trotzt und bläst weiter Trübsal. Abends gehen wir vier schick essen.

Meinen Geburtstag feiern! Auch die damaligen Schweizer Freunde gesellen sich dazu. Obwohl ich genau weiß, dass sich diese nicht unbedingt mit Klara und Johann verstehen. Erfahrung aus der Schweiz. Egal, es wird schon schief gehen. Es kann nur besser werden.

Träumen darf ich doch noch? Natürlich gibt es die üblichen Sticheleien. Wir machen kurzen Prozess, als es ungemütlich wird: »Wer möchte noch einen Nachtisch? Kaffee?«

Irgendwie stelle ich mir meinen Geburtstag etwas anders vor. Egal, die Rechnung bitte. Ich kann mir aber eine Bemerkung nicht verkneifen: »Wir vier genehmigen uns jetzt noch auf einen Absacker auf der bekannten Vergnügungsmeile, die in der Pedro Clisante zu finden ist. Kommt ihr auch mit?«

Mir geht ein Spruch durch den Kopf. Sollte ich den äußern oder schweigen? Dort kommen die ›Damen‹ steil aus dem Gebüsch. Männer hängen sich an ihre Korsettstangen und wollen nur an deren Busen schmusen. Ach, hätte ich das doch nur laut ausgesprochen.

Ich weiß doch ganz genau, dass können die damaligen Schweizer Freunde nicht goutieren. Genau so denken die Zwei auch! Das ist die SÜNDIGE MEILE. Dort geht man nicht hin, dort ›verkehren‹ wir nicht, wir sind ›anständige‹, Leute. Igitt aber auch!

Die damaligen Freunde verabschieden sich ungewohnt pikiert und fahren los.

Wir besuchen diese sündige Meile. Natürlich fahren wir nur im Schritttempo dort vorbei, um Klara und Johann das dortige Nachtleben zu zeigen. Doch Klara, igitt, verdreht die Augen, Johann hingegen ist angetan von den ›freizügigen vollbusigen Schönheiten‹. Im Spaß sag ich: »Man(n) kann sich diese Schönheiten hier auch stundenweise mieten. Nächte, Tage oder auch Wochen.«

Klara hat von einem Moment zum anderen eine sehr gesunde Gesichtsfarbe. Ist sie doch sonst immer so blass, Nullkommanichts wird sie rot. Die Sonne scheint doch gar nicht mehr.

Wir überleben diese Fahrt problemlos und sind immer noch anständig, sind auch nicht abgestürzt. Moralisch, meine ich. Ein, zwei Getränke nehmen wir vier zu Hause auf der Terrasse ein. In Ruhe und gemütlich.

Klara hat wieder nur ein Thema: Johann. Wenn nicht Johann diskutiert wird, dann ihr Enkel. Und wieder jammert Klara mir die Hucke voll: »Johann geht fremd. Er schaut auch im Hotel, wo wir in den Ferien weilen, nur anderen Frauen hinterher.«

Ganz, ganz langsam bekomme ich den Klara-Koller. »Verführe deinen Gatten doch mal. Immer nur zu jammern, da verleidest ihm doch auch alles. Zieh mal etwas Keckes an, muss nicht viel Stoff sein, was glaubst du, wie schnell sich dein Mann danach ändert? Geh zum Friseur, lass dir eine freche Frisur verpassen und wage mal etwas Neues. Spiel doch mal mit deinem Mann. Was meinst du, wie er dann abgeht, wie eine Rakete.« Da habe ich wohl den wunden Punkt gefunden.

Klara zieht sich zurück, Kopfschmerzen, und weg ist sie. Am Morgen danach reisen Johann und seine Klara wieder an die Südküste.

Fix und fertig lassen wir uns auf den nächsten Stuhl fallen und rühren keinen Finger mehr. Fürs Erste haben wir genug von Besuchern. Doch in zwei Wochen reisen andere Bekannte aus der Schweiz an, die ihre Ferien bei uns verbringen werden. Diese bleiben und wohnen bei uns. Was wir uns da aufgeladen haben, wissen wir zum Glück noch nicht. Denn auch dieses Paar stellt uns beide auf eine harte Probe. Später mehr darüber.

Jetzt brauchen wir erst mal Ruhe, Pause, Schonzeit. Und das machen wir auch. Auf unsere Art natürlich. Ordnung schaffen, putzen, weiter streichen. Einfach ERHOLEN, ohne auf Besucher Rücksicht nehmen zu müssen. Die Hunde sind derweil etwas ruhiger. Bonita und Joya spüren wohl, dass ihre Ernährer sich wieder besser fühlen. Wagen sich auch wieder, Unfug machen.

Zerreißen den Futtersack, den ich nur kurz in der Küche zwischengelagert habe. Will das Futter nun in den großen Behälter abfüllen. Beide Hunde liegen mittendrin und fühlen sich richtig wohl. Das Futter auf dem Boden bis ins Wohnzimmer zerstreut. Super und die futtern wie bei Muttern. ›Saubande‹, denk ich nur. Man hat ja sonst nichts zu tun. Ha, ha, wie hab ich mich gefreut.

24. Mein erster Friseurbesuch

Nach diesem ersten Besuch im immer noch halb fertig renovierten Haus brauche ich eine Auszeit. Habe mich mal umgehört, wo sich Frau von Welt denn hier die Frisur erneuern kann. Ich kenne wohl einen Friseur, doch der kostet ein kleines Vermögen. Jede ›Dame‹ bekommt dort ein Glas Champagner, dementsprechend sind auch die Preise. Schneiden tut dieser wie jeder andere Friseur auch. Auch die Waschbecken gleichen sich doch in jedem Salon. Und um die Haare zu waschen, benutzt auch er nur Wasser. So viel Geld ausgeben, will ich nicht. Für diese Pesos können wir schön essen gehen.

Eine Bekannte erzählt mir dann, wo sie sich ihre Haare machen lässt. Und dieses Resultat sehe ich Tage später. Meine damalige Freundin will richtig sparen. Sie geht zu einer Frau, die seit Jahren aus dem Beruf raus ist. Die Frisur sieht aus, als hätte diese ›Frisöse‹ kein Handwerkszeug dabei gehabt hat. Mit einer Schere, wenn das überhaupt eine Schere ist, die schneidet, wie ein toter Hund beißt! Oder hat die Frisöse eine Nagelschere benutzt? Die damalige Freundin hat eine Frisur, als hätten einige Mäuse an den Haaren herumgeknabbert. Ausgefranst und einfach nur schrecklich. Oder hat sie sich die Haare selber geschnitten? Sicherlich, es schaut genau gleich aus. Die Frisöse hat dann wohl gemerkt, dass sie alles etwas schief geschnitten hat. Jetzt will oder muss sie alles ausbessern. Sie schnippelt und schneidet, gleicht die Haare aus, was den Haarschnitt nicht besser macht. Entweder schielt die Gute oder es ist einfach nicht ihr Beruf. Doch kürzer wird die Frisur vor allem im Nackenbereich. Schrecklich. Die Hälfte des Hinterkopfs ist nun dem Kahlfraß zum Opfer gefallen.

Wem sollte ich nun glauben?

Versuche es bei einer jungen deutschen Frau, die mir auch eine Bekannte empfohlen hat. Der Salon sieht gar nicht übel aus. Die Frau, Sabrina, ist mir auf Anhieb sympathisch. Habe diesen Besuch auch bitter nötig. Sieht doch meine Frisur, wenn man das noch Frisur nennen kann, aus wie ein umgekehrter Wisch-Mopp, natürlich ein öfters benutzter. So richtig fransig, die Farbe kann man nur noch erahnen. Also ab auf den Marterstuhl.

Sabrina fragt dann: »Wie stellst du dir deine Frisur vor?«

Wie soll ich das wissen nach diesen anstrengenden Tagen. »Sabrina, ich lass dich einfach machen. Auf jeden Fall, Waschen, Schneiden, Färben und Trocknen.«

Nun lass ich mich so richtig verwöhnen. Schlimmer als die ›Frisur‹ meiner damaligen Freundin, kann es nicht werden. Sehe keine Mäuse und auch keine Ratten herumspringen. Super!

Sabrina tänzelt um mich herum. Die Schere schnattert wie wild um meinen lädierten Kopf. Hier ein Stück, dort ein Stück. Dort stufig, da fransig. Und so fransig, dass es richtig frech aussieht. Farbe? Sabrina schmiert die Paste auf die Haare. Welche Farbe Sabrina nimmt, sagt sie nicht.

»Überraschung!«, grinst sie.

Ich LIEBE Überraschungen. Neue Heimat, neues Leben, neuer Stil.

Schaden wird das sicherlich nicht. Es sitzen noch einige andere Kunden im Salon. Ich muss nun warten, bis die Farbe die Einwirkzeit erreicht hat. Schaue und höre mich um.

Sabrina hat eine helfende Hand, welche wäscht, Farbe aufträgt und einiges mehr leistet. Genau diese Dame meint dann wie aus der Pistole geschossen: »Ich habe die Vaseline vergessen!«

Zur selben Zeit spricht Sabrina ein Machtwort zu Ihrer Kundin: »Halt jetzt mal den Kopf still!«

Die Kundin: »Tu mir nicht weh. Denk an mein Ohr, das absteht.«

Ich mische mich ein: »Schmiert doch Vaseline drauf, dann flutscht die Schere nur so durch!«

Das Gelächter geht los. Immer weiter folgen freche Sprüche. Was für ein Thema beim Friseur? Frivol?

›Das wär doch wieder was für meine damalige Freundin oder für Klara‹, geht es mir durch den Kopf. Igitt. Was für Gedanken wir Frauen da an den Tag legen. Ein junger, stattlicher Mann betritt den Salon. Alle sind wir urplötzlich still. Wir wurden ertappt. Jetzt sind wir wieder ganz seriös.

Nach einiger Zeit wäscht mir Sabrina die stinkende Paste herunter. Jetzt beginnt sie mit Trocknen, dann Nachschneiden und mit dem Styling.

»Ich hab die Haare schön«, trällere ich los.

Bin ich das? Erkenne mich selber kaum wieder. Cool, die Veränderung ist mehr als nur gelungen. Einzelne, feine feuerrote Strähnen verteilen sich auf meiner Haarpracht. Der Schnitt, unglaublich. Ich bin sprachlos. Super hat Sandra gearbeitet. Da werde ich Stammkundin. Das Ganze hat keine dreißig Franken gekostet. Das kann ich mir nun öfters gönnen. Sofort mach ich auch einen Termin für meinen Mann aus.

Muss ihm das dann nur noch schonend beibringen. Ja, ja mein Göttergatte, der immer schon lange Haare trägt, muss nur die Spitzen schneiden lassen. Er sollte sich auch mal verwöhnen lassen.

Mein Mann und seine Haare. Das ist ein Kapitel für sich. »Ich lass keinen Fremden an meine Haare ran«, das ist sein Leitfaden, betreffend Friseur. Doch es muss nun einfach sein. Wie kann man sich nur so anstellen! Es ist ja kein Zahnarztbesuch. Die Frisöse wird nicht bohren und es gibt auch keine Spritzen. Meine Überredungskünste tragen Früchte. Mein Mann lässt sich ›behandeln‹, wie er den Besuch nennt. Doch sehe ich einen Unterschied? Warum nur habe ich kein ein Vorher/Nachher-Bild geknipst? Und davon mehrere. Das gibt dann eine gute Quizfrage bei: ›Wer wird Millionär.‹ Bild a, b, c, oder d? Blöderweise ist jede Antwort die Richtige.

Nun ja, mit der Zeit und bei der Hitze wird mein Mann schon Haare lassen. Man muss nur fest daran glauben. Doch bis heute ist das Wunder noch nicht eingetreten. Mein Mann will sich nur alle vier Monate knapp einen Zentimeter von seiner Haarpracht schneiden lassen. Punkt! Aus! Seine langen Augenbrauen. Einzelne sind so lang, dass sie ihm bereits über das Auge hängen. Mich würden diese Brauen stören, sogar beeinträchtigen. Doch mein Mann schreit dann schon mal: »Finger weg von meinen Brauen, das ist mein Markenzeichen!« Markenzeichen? Ja davon hat mein Mann einige. Schon oft habe ich ihn damit aufgezogen.

»Warte nur, wenn du erst wieder im Tiefschlaf am Holz sägen bist, werde ich meine Pinzette holen oder das Heißwachs zum Einsatz bringen. Abrasieren könnte ich die Haare notfalls auch.« Doch so tief hat mein Mann die letzten zwölf Jahre nicht geschlafen. Sägen tut er immer noch fast jede Nacht, einsetzen kann ich meine Utensilien bis heute nicht. Weiß ich doch ganz genau: Mein Mann ist und bleibt mein Traummann - mit oder ohne Markenzeichen. Seinen Bauch zum Beispiel beschreibt er mit: »Das ist mein Spektrum.«

›Ja sicher‹, denke ich, ›da ist viel Speck drum.‹ Ich liebe ihn so, wie er ist. Mit Bauch und Haaren.

Mein Mann hat sein Motto für das Leben, seine Diät heißt:

»NIMMT DER MOND ZU, NEHM ICH AUCH ZU. NIMMT DER MOND AB, DANN SOLL DER MOND DOCH.«

25. Besuch von Bruno und Karin

Nun also ist es so weit.

Bruno und Karin kommen. Wir freuen uns sehr, die beiden wieder zu sehen. Denn in der Schweiz haben wir vier heitere Wochenenden zusammen verbracht. Mal in einem Restaurant, mal bei uns zu Hause. Haben uns super verstanden. Gelacht, gegessen, gekocht, Karten gespielt. Ab und zu haben Bruno und Karin bei uns übernachtet. Je nach Weingenuss. So haben wir dann alle noch zusammen gefrühstückt. Oder einfach nur gequatscht. Unterhaltsam war es immer.

Natürlich holen wir Bruno und Karin vom Flughafen ab. Was für eine Freude, die Zwei wieder zu sehen. Hallo hier sind wir. Winken, rufen, schreien und brüllen durch die Menschenmengen. Wir sind bei Weitem nicht die Einzigen, die am Flughafen warten.

Männer mit selbst anfertigten Schildern aus Karton, mit den Namen der Ankommenden beschriftet. Oder mit dem Hotelnamen.

Dominikanische Schönheiten, aufgemotzt. Sich aufwendig geschminkt, in Stöckelschuhe geschlüpft und Minis über die prallen Hüften montiert. Alles für ihre Liebhaber oder Ehemänner? Und mitten drinnen wir, mit den Armen am Fuchteln, am Rufen und hüpfen. Normalos, Weiße in Jeans.

Dann sehen wir Bruno und Karin. Kreideweiß, ihre Koffer hinterherziehend. Schleppende, müde Schritte und etwas wackelig auf den Beinen, die sich wohl gummimäßig anfühlen nach dem langen Flug. Nichts von Freude in deren Gesichtern. ›Nur müde und abgekämpft‹, geht es mir durch den Kopf. Die Umarmung klappt dann doch noch.

Ihre Koffer und Taschen verstauen wir auf der Ladefläche vom Pick-up. Bruno und Karin möchten erst noch eine Zigarette rauchen. Verstehen wir doch. Nach dem langen Flug, der schwülen feuchten Hitze auf der Insel, bekommt einem die erste Zigarette nicht gut. Wir zwei warten geduldig ab und fragen, wie denn der Flug war. Bruno fängt an zu meckern, das Futter sei nichts wert gewesen. Er wollte es am liebsten zum Fenster hinaus werfen. Und genug gab es auch nicht.

»Jetzt habe ich Hunger«, sagt er und schaut uns an, als hätten wir ein kaltes Buffet auf dem Landeplatz aufstellen sollen. Obwohl Bruno gar nicht so ausgehungert aussieht, wohl genährt und eher mit einer rundlichen Figur ausgestattet ist.

›Da kommt wohl noch einiges auf uns zu‹, denke ich mir. So fahren wir unsere Gäste nach Hause.

Unterwegs werden Bruno und Karin etwas gesprächiger. Sie beginnen zu erzählen und müde sind sie urplötzlich auch nicht mehr.

Die unmöglichen Straßen, Häuserbuden, die lärmenden Mofas, das alles passt Bruno mal wieder nicht.

›Kaum angekommen, schon Ärger? Wenn das nur gut geht. Warum nur verändern sich Freunde, wenn sie auf der Insel landen? Warum versteht man sich auf einmal nicht mehr?‹ Das alles geht mir durch den Kopf. ›Liegt es an der Sonne? Ist es das Klima?‹

Nach dreißig Minuten Fahrt sind wir auf dem Parkplatz vor unserem Haus. Koffer und Taschen abladen. Gemächlich, damit die Gäste nicht ins Schwitzen geraten, gehen wir zur Terrasse. Erst mal lass ich die Hunde raus. Die müssen sicherlich etwas Dringendes erledigen. Bruno und Karin kennen die beiden Hunde noch aus der Schweiz. So verstehe ich die Reaktion von Karin gar nicht: »Ich hab ganz vergessen, dass ihr Hunde habt.« Sofort tritt Karin einen Schritt zurück.

Was heißt das nun wieder? Wir reagieren gar nicht. Wir lassen die Gäste erst einmal in Ruhe ankommen und lästern. Mein Mann behält die Ruhe und serviert den vorbereiteten Willkommensdrink. In der frischen Ananas angerichtet. Schön dekoriert mit einer Hibiskusblüte und mit genügend Rum und Eis. Rum hilft fast immer, es muss nur genug im Drink vorhanden sein. Erinnerungsfotos knipsen wir von Bruno und Karin. Trinken, nachschenken. Langsam hebt sich auch die Stimmung von den beiden. Wir Gastgeber schlürfen nur Saft und keiner merkt es. Mein Mann, fürsorglich, wie er ist, hat für Bruno und Karin eine kalte Platte hergerichtet. Wurst, Käse, Butter, saure Gurken, Tomaten und Brot. So kann sich Bruno doch noch ›Futter‹ zwischen die Zähne schieben und sein Magen füllt sich sicher auch. Nicht, dass der Bruno, noch während er die Nacht bei uns verbringt, verhungert. Nach dem Happen begleite ich unsere Gäste ins Haus.

Zeige den Bekannten ihre Unterkunft für die nächsten vierzehn Tage.

Kurz darauf legen sich Bruno und Karin schlafen. Der Flug ist doch immer anstrengend. Der Tag unendlich lang und dann diese Hitze.

So können wir in aller Ruhe noch die Küche aufräumen. Danach noch etwas plaudern und uns austauschen. Auch mein Mann hat bemerkt, dass es nicht mehr dasselbe ist, wie in der Schweiz. Warum? Wir finden keine Erklärung. Abwarten, schauen, was die nachfolgenden Tage bringen mögen.

Früh sind mein Mann und ich wieder auf den Beinen. Die Hunde wollen in den Garten. Die erste Mahlzeit zubereiten für Bonita und Joya.

Frühstück, Kaffee für alle Vier zaubern. Tisch decken auf der Terrasse. Vor allem ruhig arbeiten, damit unsere Gäste ausschlafen können.

Eine Bitte habe ich. Vierbeiner, bitte bellt jetzt nicht.

Wir gönnen uns erst mal eine Tasse Kaffee. Die Ruhe vor dem Sturm? Kaum sitzen wir gemütlich am Tisch, dem Gezwitscher der Vögel lauschend, steht auch schon Bruno am Tisch. Die Hände auf die Tischplatte gestützt: »Bekomme ich auch einen Kaffee?«

Bruno nimmt Platz, lässt sich von uns bedienen. Ist das hier denn eine Kaserne, oder was sollte dieser Ton? Einige sadistische Gedanken geistern in meinem Kopf herum … ›Verstanden, Kommandant!‹

Wir servieren jetzt das Frühstück, setzen uns dazu. Kurze Zeit später steht auch schon Karin in der Tür.

Dasselbe noch mal. »Und ich? Reicht es für mich auch noch? Hat es genug Kaffee? Oder habt ihr alles ohne mich vernichtet?«, meint Karin bestürzt.

Das fängt ja gut an, mein Mann und ich sehen uns nur an. Beide wissen wir, was der andere denkt.

Das am ersten Morgen? Na ja, kann nur besser oder heiterer werden. Vielleicht sind die beiden nur noch etwas müde. Nachdem sich alle bedient haben, räume ich auf, wasche das Frühstücksgeschirr. Mein Mann plant mit Bruno und Karin den Tag. So habe ich zum Glück etwas Ruhe in der Küche.

Was Bruno und Karin denn gerne unternehmen möchten? Mein Mann bekommt keine rechte Antwort. Ich setze mich dazu und meine, geht doch erst mal in den Pool, genießt es, legt euch auf die Liegen, wir bereiten derzeit alles für den Ausflug vor.

Bruno und Karin aber wollen noch Kaffee und bleiben wie angeklebt auf den Stühlen sitzen. Rauchen ihre Glimmstängel und schütten sich literweise dieses schwarze Getränk in Ihre Kehlen.

»Schaut doch mal den Kolibri dort«, versuche ich es auf ein Neues. Keine Reaktion der Freude. Schauen die überhaupt in die Richtung, die ich ihnen zeige? Dorthin zu dem winzigen, agilen Flugkünstler? Wie können die Zwei nur so abgestumpft sein?

In der Schweiz waren Bruno und Karin immer gut gelaunt. Jetzt hier auf der Insel so teilnahmslos. So kennen wir die beiden gar nicht. Ist es Neid? Eifersucht? Mein Mann schaut mich nur an.

Jetzt ergreift er die Initiative. »Los kommt, erhebt euch, es geht los. Ihr wollt doch sicherlich etwas von der schönen Insel sehen, oder?« So fahren wir alle in Richtung Cabarete. Das Örtchen Cabarete ist nach einer kurzen, abwechslungsreichen Fahrt erreicht.

In Cabarete geht es erst mal die Hauptstraße entlang, zu Fuß versteht sich. Was Bruno schon wieder nicht in den Kram passt. Was er seiner Karin sofort unvermittelt zu verstehen gibt. Er denkt wohl, wir seien schwerhörig, doch wir zwei Alten hören noch einwandfrei, auch wenn wir jetzt hier auf der Insel leben. Bruno will nicht an der Sonne entlang gehen. Wie er die nennt? Dreckstraße. Viel lieber würde er jetzt in einer Bar sitzen. Wohlverstanden liebe Leser, die Fahrt nach Cabarete ist keine Weltreise. Das quirlige Touristen-Örtchen liegt keine zehn Minuten Autofahrt von unserem Haus entfernt. An dieser belebten Straße befinden sich diese witzigen Souvenir-Läden. Alles landestypisch. Hier ist doch mal was los und man sieht die unmöglichsten Dinge. Fahrzeuge, die in der Schweiz wohl kaum erlaubt sind. Schwer beladene Autos. Musikboxen im Kofferraum oder auf der Ladefläche der Pkws, größer als in jeder Diskothek und genau so laut.

Oder verrostete, klapprige Fahrzeuge, ohne Türen. Nur ein Plastikstuhl dient als Fahrersitz. Total überladen mit leeren Wassergallonen, sodass der Fahrer wohl nur noch nach Gefühl und Gehör fahren kann. Masten mit einem Gewirr aus Stromkabeln. Trafos, die kurz vor dem Explodieren stehen. Kabelstränge in jeder Farbe und Dicke, die in die Häuser geleitet werden. Geklauter Strom? Oder ist das hier legal?

Also, dann ab zum Strand von Cabarete. Dort finden auch Surfweltmeisterschaften statt. Manchmal kann man auf den hohen Wellen reiten. Einfach wunderschön. Die Farbe vom Meer, die Farbe vom

Himmel, der Sand, die Palmen! Das muss einem doch einfach gefallen.

Bruno hat jetzt Durst und Hunger. Also setzen wir uns, um des lieben Friedens willen, am Strand in eine der zahlreichen Bars. Viele Touristen zücken sofort die Kamera, um dieses Bild festzuhalten. Oder freuen sich über die Wassersportler, die ihr Können unter Beweis stellen. Freude an diesem Ausblick kennen Bruno und Karin wohl nicht. Kaffee und Zigaretten.

»Und was sollen wir denn jetzt bitte hier machen?«, löchern die Zwei uns. Fragen die das wirklich? Oder hab ich mich verhört? Langsam wissen wir nicht mehr weiter. Doch wir Auswanderer genießen es am Meer. Lassen die beiden erst mal da sitzen und laufen den Strand entlang. Spüren den Sand unter den Füßen, die Wellen, die kommen und gehen, die Füße in den Sand drücken. Fußmassage und Freiheit. Das Grün der Palmen, deren Blätter im Wind aussehen, als würden sie die Luft kämmen. Einfach herrlich! Hand in Hand alles Unangenehme vergessen. Schön und glücklich fühlt sich das an, wenn man die Natur schätzt und liebt. Nach einer halben Stunde kehren wir Zwei Hand in Hand zum Tisch zurück.

Bruno und Karin haben mittlerweile wohl eine Packung Zigaretten verqualmt und einen großen Krug Kaffee intus. Sitzen immer noch in der gleichen Position da, Statuen ähnlich. Haben die sich überhaupt bewegt? Wer das braucht, kein Problem. Auf jeden Fall haben wir wieder Kraft genug und führen den Besuch zum Auto. Ab zur nächsten Station, wo alle etwas essen können.

Wieder einmal fahren wir, wie mit dem vorigen Besuch auch schon, zur La Bocca. Da gibt es einfach den besten fangfrischen Fisch, Langusten und Flusskrebse. Auch hier keine Spur von Freude. Bruno, nur froh, dass es Futter gibt. Bruno hat sein eigenes Motto: 1. Kaffee, 2. Zigaretten 3. Wein - und sehr wichtig! Reichlich FUTTER zu jeder Tages- und Nachtzeit. Es wird bestellt, kein Wort wird verloren über die Schönheit dieser zauberhaften Lage. Der Süßwasserfluss, der große lange Naturstrand und das Meer ist immer noch einer unserer Lieblingsplätze. Es gibt einfach Menschen, die die Schönheit der Natur nicht sehen wollen oder können. Nur das, was vor ihnen auf dem Teller liegt, ist wichtig. Alles andere scheint ihnen egal sein. Das sind also die Ferien von Bruno und Karin.

Als Bruno fertig gefuttert hat, versuchen wir die beiden zu überreden, noch am Meer entlang zu spazieren. Ein Verdauungsspaziergang täte uns doch allen gut. Fünf Minuten durch den Sand muss man allerdings schon gehen, um dorthin zu gelangen.

Bruno will nicht und sagt: »Ich möchte jetzt lieber nach Hause. Bin vollgefuttert, jetzt brauche ich eine Liege oder Hängematte.«

Was bleibt uns da anderes übrig? Um des lieben Friedens willen verkneife ich mir eine Antwort. Okay, sind ihre Ferien. Ab nach Hause.

So ziehen sich die Tage langsam dahin. Immer dasselbe Programm. Mein Mann kocht, ich decke den Tisch, räume ab, wasche Teller und Gläser.

Bruno und Karin leeren den Wein (jeden Abend eine Flasche). Kaum fertig, schreit es von der Terrasse nach Kaffee. So geht das täglich.

»Bin i Gottfreidstutz en Kiosk, oder bin i öbe e Bank?«, geht mir dieses Lied durch den Kopf. Das kann so einfach nicht weitergehen. Mein Mann unternimmt noch einige Ausflüge mit den Besuchern. Ich möchte nicht mit, hätte sonst wohl mal wieder meine Klappe nicht halten können. Jedes Mal ein Reinfall, aber nicht der in der Schweiz. Keine Freude, kein Interesse vorhanden. Kein einziges Foto wird geschossen. Ist denn das noch normal?

Wir müssen unbedingt unsere Vorräte auffüllen. Der Großeinkauf steht an. So fahren wir mit Bruno und Karin in die nächste größere Stadt, Puerto Plata.

Wir haben vor der Ankunft der beiden unsere Kühlschränke reichlich gefüllt. Nun muss neues

›Material‹ her. Fahren los Richtung Puerto Plata, um in der La Sirena einzukaufen.

Wir sind noch keine zehn Minuten in dem großen Geschäft, kommt schon die Frage von Bruno: »Wo gibt es hier etwas zu essen?«

In der La Sirena bekommt man wirklich alles zu kaufen. Von Lebensmitteln bis zu Elektrogeräten, Kleider und Schuhe, Geschirr und vieles mehr.

Wir lassen Bruno und Karin mit der Antwort: »Sucht euch doch etwas zu essen aus«, stehen. Einige Meter von Bruno und Karin entfernt beobachten wir es ganz genau. Bruno macht solche Gesten: Seinen dicken Bauch reibend, dann führt er seine Hand zum Mund, zwei Finger steckt er in seinen weit geöffneten Mund. Diese Gesten wiederholt er einige Male hintereinander. Soll wohl wieder einmal aussagen: HUNGER. BIN AM VERHUNGERN! Das Leben besteht bei Bruno wohl nur aus Essen, Futter hineinstopfen. Mein Mann lacht mir zu: »Jetzt sucht Bruno bestimmt wieder die Futterkrippe!« Lachend setzen wir unseren Einkauf fort. Wir haben es geschafft, der Einkaufswagen ist beladen, stehen in der Schlange an der Kasse und warten, bis wir an der Reihe sind. Dort treffen wir auch wieder auf Bruno und Karin. »Na? Nichts gefunden? Nichts eingekauft?«, frage ich etwas ironisch. Und schon geht es los.

Bruno: »Ich habe Hunger«, was kaum möglich sein kann, denn hat er sich doch zu Hause noch den Bauch vollgeschlagen. Hat hier im Geschäft nichts eingekauft.

»Nichts Essbares gefunden?«, befrage ich ihn scheinheilig. Komisch.

»Das sieht alles anders aus, als in der Schweiz. Kann man das überhaupt gefahrlos zu sich nehmen?«, schaut mich Bruno fragend an. Jetzt reicht es! So nicht! Nicht mit uns! Wir reagieren überhaupt nicht mehr.

Nächstes Ziel: nach Hause. Anschnallen, los geht die Fahrt. Mein Mann fährt etwas schneller als sonst. Im Schminkspiegel sehe ich, wie Bruno nur kurz wohl auch qualvoll seinem Hungertod entkommt. Der Gesichtsfarbe nach zu schließen leidet er höllisch. Er hat auf dieser Fahrt nach Hause bestimmt zehn Kilogramm verloren, der arme Kerl. Oder träume ich das Mal wieder nur? Ist Bruno so mager? Optische Täuschung im Rückspiegel?

Freude herrscht. Bruno lebt noch und ist keinen Millimeter dünner, als wir nach kurzer Fahrt Daheim ankommen. Alles herauftragen und in den diversen Kühlschränken und Gefrierschränken verstauen.

Und Bruno und Karin? Liebe Leser, was glauben Sie? Was macht der Besuch?

»Bekommen wir jetzt Kaffee und etwas zu essen? Wann kocht ihr denn etwas?«

Mein Mann wird jetzt langsam grantig. Es dauert lange, bis mein Mann seine Geduld verliert. Doch nun ist der Zenit erreicht. Er wird das erste Mal laut, als er knapp zur Antwort gibt: »Wo unsere Kaffeemaschine steht, wisst ihr. Wie man die bedient, habt ihr nun zwei Wochen lang gesehen. Der Gasherd steht auch immer noch in der Küche. Und das Frischfleisch, da habt ihr zwei ja gesehen, bei wem man es einkaufen kann. Bruno und Karin ihr habt einen Wagen gemietet, der seit Tagen nicht bewegt wird. In Sosua gibt es auch Supermärkte. Dort kann man auch alles einkaufen, bekommt Fleisch, Gemüse, Obst, Wein, alles.«

Das sitzt. Wer hätte das gedacht? Sie können sich selbstständig bewegen. Endlich: Freude, Jubel. Bruno und Karin setzen sich in den Mietwagen und fahren los. Es gibt immer noch Zeichen und Wunder.

»Auch etwas Positives hat das Ganze«, meint mein Mann. »Keine alten Esswaren, keine Reste im Kühlschrank, alles aufgefressen!«

Frische Lebensmittel haben wir gekauft. Kein einziger Peso wurde von Bruno und Karin dazu beigetragen! Nun haben wir erst mal Ruhe. Wer es glaubt.

Denn man staune, Bruno traut sich nicht weiter, als bis zur Pforte zu fahren. Nun steht er wieder da, wie ein übergossener Pudel, guckt mit einem Dackelblick zu meinem Mann: »Ich kenne doch den Weg dorthin nicht«, jammert er drauflos. Ausrede? Wirkliche Angst? Wobei Bruno in der Schweiz auch herumkurvt. Karin, die im Außendienst tätig ist, will doch auch auf der Insel herumfahren? So hat es damals in der Schweiz doch getönt. Und jetzt? Geduldig, mit den letzten Nerven, erklärt mein Gatte den beiden den Weg. Zeichnet einen kleinen Plan. Wir beide sind weder gratis Reiseführer noch Hotel alles inklusive oder Hotel Mama. Das hört jetzt auf. Schluss. Gratis auf unsere Kosten sich hier bei uns aushalten lassen und Ferien machen. Nein! Pestalozzi ist gestorben! Siehe da, Bruno und Karin fahren tatsächlich los. Wunder geschehen immer wieder, heute oder morgen. Bruno wagt sich dann doch noch auf die Hauptstraße. Es ist ja auch sehr schwer, den Ort zu finden. Nur eine Straße, die in den Ort führt. Im Ort einmal abbiegen und schon ist man mitten im Geschehen. Also, wenn man das nicht fertigbringt als gestandener Mann und das noch mit einem Plan? Leider habe ich keinen Globus mitgenommen, sonst hätte ich den in ihrem Mietwagen vor dem Lenkrad montieren. Hätte ich ihnen einen Atlas kaufen sollen? Mal schauen, wie lange die das aushalten.

Wir zwei machen uns einen gemütlichen, ruhigen Abend. So um dreiundzwanzig Uhr kommen Bruno und Karin erschöpft zurück. Wir haben gedacht, dass sich die beiden in ein nettes Restaurant am Meer gesetzt haben, um etwas zu essen. Haben den Urlaubern doch genau erklärt, wo man einen herrlichen Blick auf das Meer hat. Gut und günstig isst. Ein Nachtessen bei Sonnenuntergang.

Bruno kann nur reklamieren. Nichts ist gut genug für ihn. Die Leute, die Restaurants, die Straßen, einfach alles nur Bockmist. (Kacke, Scheiße und solche Kraftausdrücke sind gefallen.) Mir ist auch klar warum. Das kostet eben alles. Da bekommt man kein Gratis-Essen.

Langsam aber sicher sind wir am Ende unserer Kräfte. Können und wollen es nicht verstehen. Bruno und Karin haben sich in der Schweiz unsere Fotos von der Insel mit Begeisterung angeschaut. Viele Fotos haben wir immer geknipst. Die schön bemalten Häuser mit ihren kleinen Vorgärten. Aber auch die Armenviertel haben wir fotografiert. Immer wieder haben wir von unseren Reisen erzählt. Wie es hier auf der Insel ist. Wie kann man dann, wenn man das alles doch weiß, so reagieren? Haben denn Bruno und Karin gar keine Gefühle mehr? Abgestorben? Abgestumpft? Sie zeigen keinerlei Regung, keine Begeisterung. Erfreuen sich an nichts. Die Fauna, die Flora, die Menschen und die Musik. Alles mitzuerleben. Wie schön ist es, am Meer zu sitzen.

Dominikaner laden uns zu einem landestypischen Essen ein. Man kann sich doch auch an ganz einfachen Dingen erfreuen und das auch zeigen. Zum Beispiel der Kuckuck, der jeden Morgen auf dem Strommast sitzt und so lange schreit, bis seine Stimme versagt. Sodass er nur noch ein Krächzen zustande bringt. Da hilft auch kein Schweizer ›Ricola‹ mehr. Oder Kolibris, die in Windeseile die Blumen anfliegen. Echsen, die den Ameisen auflauern, um diese zu fressen. Es gibt so viel Interessantes und Schönes! Doch wie gesagt, das sehen halt nicht alle so.

Zum Glück bleiben Bruno und Karin nur noch wenige Tage. Wir suchen uns immer neue Ziele aus, um diese Orte auch dem Besuch zu zeigen. Was, wie vorhergesehen, ohne große Reaktion bleibt. Wir ziehen das jetzt einfach durch, damit Bruno und Karin zu Hause auch etwas aus ihren Ferien zu erzählen haben. Die sehen und hören es einfach nicht. Gut, klar, die Geschmäcker sind verschieden. Aber doch nicht so krass. Einige Tage vor der Abreise von Bruno und Karin kommt die große ÜBER-RASCHUNG. Als wir wieder einmal beim Einkaufen sind, haben Bruno und Karin einen eigenen Einkaufswagen geschnappt. Wein, Kaffee, Rum, Zigarren und Süßigkeiten haben die beiden gekauft. Mein Mann freut sich.

»Jetzt haben die das geschnallt, dass alles Geld kostet. Beteiligen sich am Einkauf«, träumt mein Mann.

Doch siehe da, zu Hause angekommen tragen Bruno und Karin ihren Einkauf in Ihr Zimmer. Nichts da von teilen. Nein. So entkorken sich Bruno und Karin am Abend ihre selbst eingekaufte Flasche Rotwein. Die Frage: Ob wir auch ein Glas möchten, bleibt aus? Bieten nichts an, nein, selber saufen, macht besoffen. 3, 2, 1, MEINS, ist wohl ihr Motto.

Auch gut, so müssen wir uns nicht bedanken und vor ihnen niederknien. Danke Master, danke Master, vom Desaster oder wie geht das?

Die Zeit kommt. Bruno und Karin packen die Koffer. Wir fahren unseren Besuch dieses Mal sehr gerne zum Flughafen. Zu guter Letzt kommt dann dieser Spruch: »Es war sehr schön bei euch, wir kommen sicher nächstes Jahr wieder.«

›Nein, Hilfe, nicht doch!‹, ist mein allererster Gedanke. Nein, nicht, nein, das müssen wir auf jeden Fall verhindern. Nicht noch einmal. Und wenn, dann nur ab ins Hotel mit den Zweien. Im Hotel all inklusive ist die Futterkrippe immer gefüllt, das Zimmer immer geputzt. Wir buchen dann für die beiden, aber nur: »ALL INKLUSIVE!«

Die Verabschiedung dauert nicht lange. Bruno muss unbedingt in der Abflughalle noch etwas essen gehen. Im Flugzeug gibt es ganz sicher wieder nicht genug. Wir winken einander kurz zu, dann treten Bruno und Karin durch den Metallscanner. Wir warten sicherheitshalber noch ab, könnte ja sein, dass die beiden sich die Abreise noch einmal überlegen. Wollen uns nur überzeugen, dass Bruno und Karin wirklich abreisen.

Gemütlich fährt mein Mann mit mir nach Hause. Meine Nerven liegen immer noch blank.

Die Hunde spüren auch, dass wieder Ruhe einkehrt. Noch lange sitzen wir bei uns auf der Terrasse. Wir beobachten das Flugzeug mit Bruno und Karin an Bord. Mit einem lauten Getöse der Turbinen zieht es - hoch über unserem Haus - in Richtung Schweiz davon. Kondensstreifen bilden sich am blauen, fast wolkenlosen Himmel. Fast schadenfreudig schwankt der Flieger in der Luft. Als möchten die beiden uns mitteilen, wir sehen uns bald wieder. Sehe ich da nicht die beiden grinsend an einem der ovalen Fenster klebend? Winkend?

Wir lassen die Tage mit Bruno und Karin an uns vorbei ziehen. Trinken beide seit Langem wieder einmal einen Rum. Prosten uns zu. Manchmal war die Situation ja zum Lachen, manchmal zum Ausrasten. Manchmal einfach nur komisch. Humor ist, wenn man trotzdem lacht.

26. Kosmetik Pumpenhaus

Kaum sind wir wieder allein, beginnt mein Mann seine lang gehegten Pläne in die Tat umzusetzen. Wer hilft beim Pumpenhaus? Das hat jetzt Priorität, denn es ist zu klein geraten. Vor allem in der Höhe. Jedes Mal stößt man sich den Kopf. Achtung! Den Kopf einziehen, wenn nicht, schlägt man sich die Stirne am Eisengitter. Das tut nicht gut, nein, es tut sogar verdammt weh. Je nachdem wie stark man anprallt, bilden sich unschöne Beulen. In allen erdenklichen Regenbogenfarben. Solch ein Tattoo möchten wir nicht, das passt in unserem Alter nicht mehr. Vor allem nicht mitten auf der Stirn. Das dritte Auge? Mit der Zeit Narben auf der Stirn zur Schau tragen, ist auch nicht unser Ding. Schon einige Male haben wir nicht daran gedacht, uns zu ducken und es hat gebumst. Danach hatten wir unendliche Kopfschmerzen. Das hört man dann vor allem im ganzen Quartier. Diese Tür könnte etwas größer sein, wir sind doch keine Zwerge. Wir sind ausgewachsene Schweizer! Vorsorglich den Kopf vorgebeugt, betreten wir das Pumpenhaus. Das Gitter mit Watte auspolstern und einpacken, ist auch nicht das Gelbe vom Ei. Also muss ein Baumeister her. Doch hier nennt sich jeder, der ein Maßband bei sich trägt, Baumeister.

Zum Beispiel: Ein Bauarbeiter aus Europa setzt sich in ein Flugzeug. Während des Fluges in Richtung Karibik, welch ein Wunder geschieht da hoch oben in der Atmosphäre? Er landet auf der Insel und ist: Architekt.

Dementsprechend groß ist die Auswahl. Riesig. Wir suchen uns einen aus. Und diese Entscheidung ist, wie mein Mann später merkt, wieder einmal genau die Falsche. Das sieht mein Mann aber erst, als die Arbeiten zu Ende gehen. Dieser ›gelernte‹ Baumeister, ein Dominikaner, hilft auch bei dem Vorplatz zur Garage hin. Reparieren und verschönern sollte er diesen Platz. Erst aber kümmert er sich um das Pumpenhaus. Was für eine Story.

Vorher stellten wir einen anderen selbst ernannten Baumeister ein.

Hat seine Ausbildung wohl auch erst im Flieger gemacht: UWE. Er sollte eine Rampe bauen, damit man mit dem Rasenmäher zu der Anhöhe beim Pool hochkommt. Und dieser Konstrukteur fängt auch an. Erst baut er die Brüstungsmauer. Die ist auch dringend nötig, nicht dass der ganze obere Teil abrutscht. Diese Mauer mit Palisade ist auch stabil gebaut. Der gute Mann hat viel Eisen eingelegt, das ist auch richtig so. Jetzt beginnt er, die Rampe zu bauen. Am Abend bekommen wir einen Lachanfall.

Das ist eine Rampe? Sieht eher aus wie eine Schanze für Skiflieger. Also wenn da mal Schnee liegt, brauchen wir Spikes, Steigeisen und ein Absicherungsseil. Wie bitte befördere ich den Rasenmäher da hoch? Und wo ist da die Öffnung, um von der Rampe auf die Terrasse zu gelangen? Geh ich mit Schwung da hoch, falls ich dann auch oben ankomme, knalle ich direkt in die Palisade. Am nächsten Morgen kommt der ›Baumeister Uwe‹ wieder.

Ich frage ihn: »Wie, Uwe, stellen Sie sich denn vor, dass ich da hochkomme? Wo kann ich denn bitte, wenn ich es wirklich geschafft habe, hochzukommen, auf den oberen Platz treten? Sie müssen die Rampe länger bauen, dann wird diese auch nicht so steil! Und bei der Palisade einen Ausgang abschlagen.«

Uwe antwortet: »Nein, nein, ich schlage da ein Stück von der Rampe weg, dann ist die nicht mehr so steil.«

Das darf doch nicht wahr sein. Ich hole eine Packung Zigaretten, zeige das anhand der Packung dem guten Mann.

»Uwe, Sie müssen die Rampe länger machen, dann klappt das auch mit der Neigung.«

»Nein, nein, Sie als Frau können das doch sowieso nicht verstehen. Mit Ihnen spreche ich nicht mehr. Rufen sie mal Ihren Mann, der wird das Prinzip verstehen. Sie können da nicht mitreden als Hausfrau!« So nicht mein Guter, ich rufe, nein, schreie nach meinen Gatten.

Mein Mann kommt, spricht und siegt. Der Baumeister verlässt die Baustelle und kommt nie mehr wieder. Das Beste ist, dass dieser Baumeister uns auch den Strom für die Lampen gezogen hat. Uns Neuzuwandern sagt er, die Kabel habe er von einer anderen Baustelle günstig bekommen. Das kostet dann weniger, ist nicht so teuer.

Gestohlen hat er dieses Kabel. So schnell mein Mann nur kann, zieht er die Kabel alle wieder raus. Zitiert den guten Mann her, er soll sofort das geklaute Material abholen und sich danach nie mehr sehen lassen. Punkt und Schluss.

Wutentbrannt lässt mein Mann seinem Frust freien Lauf. Er schlägt mit seiner ganzen Kraft einen Teil der Palisade zusammen. So kann man wenigstens die Rampe runterrutschen. Dieser Teil wird später von einem richtigen Baumeister abgeändert. Es wird eine Treppe gebaut, die man zu jeder Jahreszeit ohne Gefahr benutzen kann.

Zurück zum eigentlichen Bauvorhaben Pumpenhaus. Das wächst rasch in die Höhe. Jetzt wird das

Dach in Angriff genommen. Holz und Dachpappe. Neue Ziegel, denn viele sind beim Entfernen zerbrochen. Also wird der abgemachte Preis nie und nimmer eingehalten. Mein Mann hilft tapfer mit. Das meiste wird improvisiert. So kann er wieder etwas dazulernen.

Lachend kommt der dominikanische Baumeister, als das Pumpenhäuschen fertiggestellt ist. Einkassieren möchte er. Fertig ist das Pumpenhäuschen bei Weitem nicht. Klar fertig bauen muss es dann mein Mann.

Jetzt geht es zum Garagenvorplatz. Das alte Material wird raus gebrochen. Neue Steine werden gekauft. Und wieder einmal wird es dann doch teurer, als abgemacht. Die Arbeiter beginnen wieder, mit großem Tempo zu arbeiten. Möchten sie eine neue Bestzeit erreichen oder ins Guinnessbuch der Rekorde? Sieht wohl nur so aus. Für uns bleibt das einfach noch unverständlich. Warum muss man nach jedem gelegten Stein eine Pause einlegen. Darüber diskutieren, ob der Stein auch richtig liegt. Dominikanische Akkordarbeit. Nach einigen Tagen sind die Arbeiter fix und fertig. Wir auch. Mein Mann hat dann alles noch einmal neu gemacht. Jetzt sieht der Vorplatz nach etwas aus. Soviel zu den Arbeitern. Mittlerweile erledigen wir, oder eher mein Mann, so viel wie möglich selbst. Nur die Stromsachen, da lässt auch mein Mann die Finger davon. Nach Tagen muss ich etwas aus dem neu umgebauten Pumpenhaus herausholen. Alles nass. Die Nacht über hat es stark geregnet. Also dieses Dach ist nicht dicht. Mein allerbester Mann muss wieder ran. So nun wird aus dem Provisorium endlich ein Pumpenhaus. Darauf müssen wir Gringos anstoßen, Feierabend. Prost. ›Der Mann im Haus ersetzt die Axt.‹ Klar, da ist etwas Wahres dran.

Mein Mann ist einfach genial. Manchmal denke ich: »Gibt es etwas, das er nicht kann?«

Ja, es gibt etwas: aufhören zu schnarchen. Das kann er wirklich nicht. Zu meinem Leidwesen.

27. Familienzuwachs

So vergehen die Tage und Wochen. Wir unternehmen viele Ausflüge, erkunden die neue Heimat. Es
macht uns beiden sehr viel Spaß, immer wieder
Neues zu entdecken. Sei es in den Bergen oder am
Meer. Mit Einheimischen zusammensitzen und einfach ihren Erzählungen lauschen. Farmen besuchen.
Fremde Früchte und Gemüse kennenlernen. Immer
wieder kauft sich mein Mann neue Pflanzen für den
Garten. Eigentlich Sträucher, die später mal Früchte
tragende Bäume werden sollen. Wir reden den Pflanzen gut zu, dass sie schnell wachsen und gedeihen
sollen.

Fotos zeige ich den Pflanzen, damit sie wissen, wie
sie mal aussehen sollen. Macht mal vorwärts, wir
wollen ernten.

Mangos, Rahmapfel, Pitahaya, Papaya,
Mangostane, Moringa, Avocado-Baum. Feigen,
Bananen gelbrote und Kochbananen, Karambole,
Maracuja und Limetten. Kokospalmen wachsen
bereits auf dem Grundstück.

Litschi, Melonen, Ananas, Tomaten, Basilikum,
Koriander hat mein Mann selber aus mitgebrachten
Samen gezogen. Auch Bohnen, Radieschen, Karotten

und Salate. Immer wieder zieht es meinen Mann in Richtung der verschiedenen Gärtnereien.

Natürlich auch Gemüse und Gewürze, typisch Koch. Ich hingegen bin sehr froh, einen so guten Koch zu Hause zu haben. Wie ich doch immer wieder sage, nicht jede Frau hat einen Privatkoch, der auch noch handwerklich spitze ist.

Wieder sind wir unterwegs. Haben einige Kleinigkeiten vergessen einzukaufen. Auf dem Weg nach Hause legen wir noch einen Stopp bei der Tankstelle ein. Dort bekommt man fast alles, natürlich auch Benzin.

Vor dem Haupteingang zum Laden der Tankstelle steht ein Pick-up. Nicht im Schatten. Auf der Ladefläche viele kleine Hunde. Mehr als sechs Wochen sind diese Rottweiler-Welpen mit Sicherheit nicht.

Wer mich kennt, weiß, so etwas geht überhaupt nicht. Tierlieb, Hundeliebhaberin und immer bereit, den armen Geschöpfen zu helfen. Sind doch die kleinen Hunde ungeschützt der starken Sonne ausgesetzt.

Was wir mittlerweilen hier auch auf freiwilliger Basis zweimal die Woche mit viel Herzblut machen: Straßenhunde füttern, pflegen und medizinisch versorgen.

So spreche ich spontan den Autobesitzer an. Wenn er schon viel zu junge Welpen transportiert, dann soll er wenigstens den Wagen im Schatten parken.

»Diese Welpen sind zu verkaufen. Er müsse vor dem Haupteingang stehen, damit die Passanten daran vorbei laufen und kaufen«, meint er abfällig zu mir. So macht der alte Mann Geschäfte. Hunde verkaufen, die noch nicht einmal sechs Wochen alt sind. Klar, sie haben Futter auf der Ladefläche, doch sind die Hündchen viel zu jung. Die Welpen benötigen doch noch Muttermilch, um Abwehrstoffe zu bilden. Das versuche ich, dem Typen klar zu machen.

Man muss aber wissen, dass Dominikaner nicht unbedingt gerne hören, was Frauen zu sagen haben. Das hab ich bei der ›Straßenarbeit‹ mit den Hunden und deren Herrchen mehr als genug zu spüren bekommen.

Er ist nicht einsichtig. Mein Mann und ich schauen uns die Würmchen mal genauer an. Okay, gesund und munter sind diese Welpen. Saubere Ohren, keine Flöhe oder sonstige Parasiten. Einfach nur viel zu jung.

»Komm wir gehen einkaufen«, lenkt mich mein Mann ab. Widerwillig geh ich mit. Wieder draußen schaue ich noch mal bei den Welpen vorbei. Die hat der Herr nun doch mittlerweile im Schatten deponiert. Ein Wunder. Ich gucke den Kleinen zu, rede mit ihnen. Die hören zu und scheinen Schweizerdeutsch zu verstehen. Ein kleiner Bursche - so ein richtiger Frechdachs - springt mich dauernd an. Hebe ihn hoch, da knabbert der Kleine an meinem Ohr. Und ich rede munter weiter. Mein Mann wird langsam ungeduldig, da ich mich einfach nicht so rasch von diesen Rackern lösen kann.

»Schau einmal, sind die nicht süß, so herzig und noch so klein«, versuche ich meinen Mann zu begeistern.

Mit nur einem Hintergedanken. So etwas passiert schnell. Ich ziehe die Tiere regelrecht magisch an. Alles, was vier und mehr Beine hat, gesellt sich gern zu mir. Alle Tiere haben mich wirklich ›zum Fressen gern‹. Einige Monate später bekomme ich das schmerzlich zu spüren. ›Hundertfüßer‹, so ein doofes Tier, wagt es doch, mich in den großen Zeh zu beißen. Dann kommen Wespen und Mücken, und wenn die mich sehen, passiert Folgendes: Stachel ausfahren, Hinterteil in Richtung zu mir. Anlauf, und dann kommen sie in einem Affentempo, kreisen, Ziel suchen und stechen. Warum die ihr Hinterteil immer gegen mich richten? Den Stachel in meine zarte Haut bohren? Weil die mich zum Saugen gern haben. Vampire? Darüber könnte ich ein ganzes Buch schreiben!

Auf jeden Fall sind wir an jenem Tag nicht allein nach Hause gefahren. Den armen Wurm hab ich auf meinem Schoss und dort verliert er sich fast, der kleine Bube. Jetzt müssen nur unsere beiden Hunde einverstanden sein.

Erst einmal wird der kleine Kerl entwurmt, mit einem Flohkamm gekämmt. Kein Ungeziefer, also dürfen die Großen auch gucken kommen. Der Neuling wird ganz behutsam von allen Seiten beschnuppert. Wir sitzen nur da und schauen zu, wie sich Bonita und Joya verhalten. Welpenschutz ist klar. Der Kleine muss jetzt nur noch angenommen werden. Er soll sich auch wohlfühlen, darf keine Angst haben und muss sich anpassen. Und siehe da, Joya bekommt sofort Muttergefühle. Sie behütet und beschützt den Kleinen. Zeigt dem Winzling, wo das Wasser steht. Wo sich der Garten befindet. Sie übernimmt die Mutterrolle. Bonita zieht die Rute ein. Rückzug, will nichts von der komischen schwarzen Wurst wissen. Ein Angsthase ist die große Bonita, ein Sensibelchen. Mit so kleinen Vierbeinern kann sie nichts anfangen. Das zeigt sie dem Neuling auch sofort. Komm nicht in meine Nähe, sonst gibt es Zoff.

Natürlich ist der kleine Kerl noch nicht stubenrein. Bei einem Welpen von sechs Wochen, der noch nichts gelernt hat, ja auch kaum möglich. So früh von der Mutter getrennt, könnte das zu Problemen führen.

184

Wir beobachten das Spiel sehr genau. Der kleine Junge tollt herum. Er kugelt mehr auf der Terrasse herum, als dass er läuft. Will er sich kratzen, kippt die dicke Kugel, wie mein Gatte ihn böse nennt, auf die Seite. Große Pfoten, viel zu kurze Beinchen, dicker Bauch. Sehr schwierig, das Gleichgewicht zu behalten.

Mein Mann fragt mich doch allen Ernstes: »Bist du sicher, dass das kein Mops ist?«

Joya kümmert sich rührend um den Kleinen. Reinigt ihn, lässt den Buben keine Sekunde aus den Augen. Wir tragen ihn die Stufen zum Garten hinunter, Joya bei Fuß. Immer schaut sie hoch, ob wir dem Kleinen was tun? Auf der Wiese geht das Spiel von vorne los. Der kleine Kerl nimmt Anlauf, so gut er das kann. Dann greift er spielerisch Joya an. Attacke. Joya verhält sich super. Zart und doch resolut zeigt sie ihm, was er darf und was nicht. Nein, nicht in die Rute beißen. Die Golden Retrieverdame läuft voran, der Kleine folgt ihr auf Schritt und Tritt. Wie und wo er sich säubern kann, zeigt sie ihm auch. Von einer Minute zur anderen sind beide so müde und schlafen einfach zusammen ein. Mein Mann trägt den ›Mops‹ vorsichtig in das Haus. Ich richte dem Kleinen seinen Schlafplatz neben Bonita und Joya her. Joya legt sich sofort wieder dazu. Ruhe kehrt ein.

Wie soll denn dieser Wurm überhaupt heißen? Nach langem Hin und Her haben wir uns auf den Namen Jacky geeinigt. Passt, Bonita, Joya und Jacky. Jetzt muss der Junge erst mal lernen, auf seinen Namen zu hören.

Monate später hätte ich Jacky lieber umgetauft: RAMBO oder STURER BOCK.

Versteht dieser Hund denn kein Deutsch? Will er einfach nicht verstehen? Komischerweise, wenn ich: »Leckerli«, rufe, kommen alle angerannt und walzen alles, was ihnen unter die Pfoten kommt, nieder. Auch Bonita ist so ein Ungetüm. Wehe, wenn sie losgelassen wird.

Mein Mann hat an einigen bestimmten Stellen im Garten Lichtmelder montiert. Wenn die drei Hunde wieder mal ihre knappen fünf Minuten haben und so richtig loslegen, reagieren die Lichtmelder nicht. Wohl verstanden, unsere Hunde sind keine Windhunde.

Die Spuren im Garten werden auch immer deutlicher. Richtige Trampelpfade sind es schon. Anfangs haben wir die vielen Stellen im Rasen immer wieder ausgebessert. Wir sind schon am Überlegen, wann wir wohl den Rasen erneuern müssen, denn nach Rasen sieht das weiß Gott nicht mehr aus. Doch mit der Zeit haben wir gemerkt, dass dies nur ein Tropfen auf den heißen Stein ist.

Blumen leiden, Vasen gehen zu Bruch, T-Shirts werden geklaut und die Knöpfe daran weggefressen. Tische und Stühle werden angenagt. Ich liebe Tiere, doch einige Male war ich so weit: ›Jacky, jetzt hänge ich dir ein Schild um: Zu verschenken! um den Hals und setze dich an den Strand!‹ Doch solche Phasen sind dann meistens nach einigen Minuten wieder vorbei. Jacky kommt, legt seinen immer schwerer werdenden Kopf auf mein Knie. Er blickt dann mit seinen Kulleraugen zu mir hoch. Diesem Dackelblick kann ich nicht widerstehen.

Wie kann man da anders, als vergeben und verzeihen? Die Erziehungsphase bei unserem Rottweiler dauert länger, als bei Joya und Bonita. Die Zwei begreifen sehr schnell. Beide sind lernwillig. Und vor allem, die verstehen ja auch Schweizer Deutsch! Es kommt noch viel Arbeit mit Jacky auf uns zu. Doch es macht mir auch Spaß, mit den Hunden zu arbeiten.

Der Tierarzt hier kommt ins Haus. Untersucht alle. Er meint auch, dass wir Jacky zum gegebenen Zeitpunkt kastrieren lassen sollten. Das taten wir zum rechten Zeitpunkt. Dieser Junge hat es jetzt schon faustdick hinter den Ohren. Wir möchten keinen Hund, der durchdreht, wuschig wird, wenn eine läufige Straßenhündin in der Nähe ist. Ihren Duft in der

Atmosphäre versprüht. Alle Rüden durchknallen, nur weil ein Weibchen ›läufig‹ ist. Lust bekommt.

Unser Hunderudel versteht sich immer besser. Es gibt nie eine Keilerei. Nie Futterneid. Nie Eifersucht. Alles verläuft super. Joya bemüht sich noch heute sehr um Jacky. Die zwei toben durch den Garten, Joya erzieht den Kleinen. Bonita beobachtet alles von ›ihrer‹ Liege aus. Ab und zu zeigt Joya dem Neuling, wo es lang geht. Legt ihn auf den Rücken, um ihm klar zu machen, wer hier das Sagen hat. Bonita genießt ihr Leben auf dem Sperrsitz. Macht es sich auf dem Liegestuhl bequem und schaut dem Treiben mit genügend Abstand zu. So muss sich Bonita bei der Hitze nicht abmühen. In dieser Zeit genießt sie lieber in aller Ruhe eine Kokosnuss, Schmatz. Auf dem Liegestuhl, den mein Mann eigentlich für uns gezimmert hat. Extra breit, stabil, damit wir beide uns darauf niederlassen können, Sonnenbaden oder ein Buch lesen können.

Wie das Leben so spielt, haben die Hunde diesen Liegestuhl in Beschlag genommen. Wir könnten die Hunde vertreiben, machen wir aber nicht. Nachts sind alle drei Hunde im Schlafzimmer. Jeder hat sein Bettchen.

Jacky hat von Anfang an nicht eine Nacht gejammert. Dafür kriecht er unter unser Bett. Und da beginnt er dann mit seinem Spaß, immer wieder am

Lattenrost zu kratzen oder knabbern. Nervenaufreibend! Oder er legt sich vor die Kommode und beißt dort an den Griffen herum. Ich habe mir eine Wasserpistole gekauft, doch um zu treffen, braucht es Licht. Knipse ich es an, hört er auf. Lösche ich, beginnt das Spiel von vorne.

Eines Tages hab ich einfach genug. Kaufe mir Bitterspray, sprühe alles damit ein, in der Hoffnung, dass jetzt Ruhe herrscht. Ich glaube, der Rüde ist süchtig nach dem Zeug. Mit der Zeit wird sich das von allein regeln.

Die beiden anderen haben ihn super angenommen. Die Drei sind ein eingeschworenes Team. Jacky hört sehr gut. Er hört nur eine Mücke pupsen und schon wird gebellt. Und was für einen Bass er da an den Tag legt. Da erschrecke ich noch, wenn er so richtig loslegt. Tag oder Nacht. Die beiden anderen machen natürlich mit. Ist des Nachts etwa ein Geräusch, Jacky knurrt, mein Mann lässt die Drei raus. Joya voran, dann Bonita und dann kommt ER. JACKY räumt auf! Eine bessere Sicherheitsanlage als Jacky gibt es nicht. Da gibt es nur eines: »Achtung! Freilaufende Hunde. Wenn Hunde kommen, sofort flach auf den Boden liegen und warten, bis Hilfe naht. Wenn keine Hilfe kommt, dann viel Glück.«

Jacky wird größer und kräftiger und ist der Macho. Im Moment ist er immer zuerst an Ort und Stelle. So stellt er seine Brust raus, lässt seinem Bariton oder eher Bass freien Lauf. Das hören wir nun täglich an unserem Haupteingang. Auch wenn da nur Fußgänger vorbei gehen.

Des Öfteren erschrecken sich die fünf Müllmänner, wenn der große schwarze Hund mit seinem Gefolge bellend angerast kommt. Die Drei machen sich wohl einen Spaß daraus, Leute zu erschrecken. Oder ist das ihr morgendliches Frühtraining. Abends trainieren die Hunde auch, wenn die Nachtwächter unterwegs sind. Wir hängen morgens und abends immer eine große Tasche an unser Haupttor. Da drin befinden sich zwei Warmhaltekrüge mit Kaffee gefüllt für die Gärtner/Nachtwächter der Urbanisation. Das bis dahin noch niemand eine Herzattacke bekommen hat, grenzt an ein Wunder, wenn die drei Fellträger mal wieder ihre Macke haben. Durch den Garten rasen, in der roten Erde buddeln, sich im Katzenkot wälzen, eine Duftwolke zehn Meter voraus weht, ist es wieder so weit. Vor allem, wenn man die Hunde erst riecht, bevor man sie sieht.

›Die Hunde stinken heute Mal wieder wie eine Schweineherde‹, geht es mir oft durch den Kopf.

Diese Hunde stinken bis zum Himmel, sind das Hunde oder Schweine? Nein, Schweine stinken nicht, Schweine sind sauber.

Mein Mann gestaltet einen Hunde-Wellness-Badetag. Babyshampoo benutzt er für die Vierbeiner, jeder wird gewaschen, schön der Reihe nach. Jetzt geht die Fantasie mit mir durch. Mein Kopfkino ist voll funktionstüchtig.

Ich sehe es genau vor mir wie ein Film: ›Ich spann den Wäscheschirm auf. Mit einigen Wäscheklammern befestige ich jeden Hund auf einem der Seile. Jetzt können die Drei entspannt trocknen. Der Wind wird die Wäschespinne langsam wie ein Karussell drehen. Flauschig werden die Hundefelle und vor allem ist das doch humaner als im Wäschetrockner. Vorteil, die können so nicht nass auf dem Rasen herumtoben und sich wieder im nächsten Kot drehen.‹

Doch, das ist nur Fantasie. Als Tierschützerin hier auf der Insel würde ich so etwas nie zulassen. Doch lustig sah das in meinem Tagtraum schon aus.

Ich hole ein großes Tuch und reibe die Hunde damit etwas ab.

Nun haben wir zurzeit ein Vogelpaar, das in der Palme nistet. Und das greift Jacky an. Ein ungewohntes Bild bietet sich uns. Jacky trabt Richtung Palme, dann geht das Spiel los. Beide Vögel kreisen wie die Geier über dem großen Kopf von Jacky, um sich dann im Sturzflug Richtung Kopf fallen zu lassen. Angriff oder besser noch: Hitchcocks Vögel. Filmreife Szenen und Jacky gibt nicht auf. Er jagt allem und jedem hinterher: Falter, Wespen, Libellen, Vögel in jeder Größe. Sie hinterlassen ihre Schatten auf dem Rasen. Diese Schatten verfolgt er und die Jagd beginnt. Der Phantomjäger. Müsste sich Jacky von der Jagd ernähren, er würde verhungern. Soll ich ihn nun zum Filmstar machen? Auf jeden Fall ist immer etwas los. Es wird den Hunden nie langweilig. Jacky tummelt sich öfters im Hundepool. Kommt er dann raus, heißt das für uns die Flucht zu ergreifen. Erstens weiß er nicht, wo er die Bremse hat und zweitens rennt er so nahe an einem vorbei, als wolle er uns umschmeißen. Gewollt oder nicht. Und drittens wälzt er sich dann wieder im Gras / Dreck oder Sonstigem. Also doch Starallüren.

Sitzen wir abends gemütlich vor dem Fernseher und möchten einfach nur einen Film anschauen, müssen wir um jeden Zentimeter hart kämpfen. Hat dann jeder, ob Hund oder Mensch, endlich seinen Platz eingenommen, beginnt der ganz normale Wahnsinn. Joya träumt, zuckt und zappelt im Schlaf, ist wohl auf der Jagd. Bonita hechelt uns fröhlich an mit ihrem Mundgeruch und Jacky lässt ganz still und heimlich ›einen steigen/fahren‹. Es wird jetzt sicher zehn Grad wärmer um die Polstergruppe. Das kann er auch sehr gut, wenn er unter dem Esstisch liegt. Da sieht man diese Duftwolke buchstäblich aufsteigen. Und dieser Duft, der haut mich um. Haben die im Spital mal kein Narkosemittel, schick ich Jacky vorbei. Da fällt jeder in einen Tiefschlaf.

28. Esther, die Perle

Langsam, aber sicher wird mir die Arbeit einfach zu viel. Diese ungewohnten Temperaturen machen mir zu schaffen. Das Haus, den Garten und die Terrassen, alles in Ordnung zu halten, was umgehend von den Hunden wieder verschmutzt wird. Haben wir uns in der Schweiz nicht versprochen, alles viel ruhiger und entspannter anzugehen? Von langjährigen Freunden, die hier ein Haus besitzen, wird mir Esther wärmstens empfohlen. Erhalte so ihre Telefonnummer und rufe Esther auch umgehend an.

Das Ehepaar weilt hier nur noch ferienhalber auf der Insel. Ein halbes Jahr hier, das andere halbe Jahr in der Schweiz oder in Frankreich. »Gebt Esther eine Chance. Stellt sie als Putzfrau ein. Sie ist sehr gut. Bitte kümmert euch um sie«, das ist ihr Wunsch.

Und genau so machen wir das auch. Esther ist nicht nur eine Perle nein, sie ist ein richtiger Engel. Eine Bereicherung, so eine mutige und tolle Frau! Wir sind stolz darauf, sie zu kennen. Hat fünf Kinder, die sie alleine großgezogen hat. Immer Arbeit gesucht, aber nicht immer gefunden. Doch wenn sie Arbeit bekommen hat, dann wurde geschuftet. Hier hilft sich die Familie. Die Familien sind meistens sehr groß. Esther ist ehrlich, arbeitet super und das tut sie heute noch. Wir können auch mal weg. Einkaufen oder einen Kaffee trinken gehen. Esther schaut zu unserem Haus und lässt niemanden hinein. Guckt zu den drei Hunden. Die Hunde lieben sie abgöttisch. Ich bin so erleichtert. Alles wird erledigt. Niemals muss ich nachkontrollieren. Nie kommt etwas weg. Im Gegenteil. Esther bringt ab und zu Gemüse und Früchte mit, die wir Gringos nicht kennen. Kocht und zeigt meinem Mann, wie man typisch dominikanisch kocht. Lecker. Es kommt die Zeit und wir müssen dringend in die Hauptstadt.

Das Schweizer Konsulat aufsuchen, auf die Immigration. Das kann sich nur um Stunden handeln, denn dort wird man von Pontius zu Pilatus geschickt. Mit diversen Wartezeiten.

Um vier Uhr in der Früh rüttelt mich der Wecker mit seinem durchdringenden Geräusch aus dem Schlaf. Auf, auf, Kaffee, Hunde raus, Sachen packen, Hunde rein, Schlüssel in das vorab besprochene Versteck legen. Wagen starten und ab geht es nach Puerto Plata zur Metro-Station. Der Bus fährt um sechs Uhr und braucht genau vier Stunden bis Santo Domingo. Kalt ist es im Bus, schweinekalt. Aber wir haben den Tag überlebt und sind so gegen zwanzig Uhr wieder zu Hause.

Esther ist, wie selbstverständlich, im Haus geblieben und wartet, bis wir wieder da sind. Sie putzt, bürstet die Hunde, spielt mit den Dreien und kocht sich genau das, was wir für sie beschriftet haben. Ein Goldschatz.

So kommt es, dass sie uns zu sich nach Hause einlädt. Und wir wissen auch, was wir mitbringen. Viele Werbeartikel aus der Schweiz, die wir noch von den Lieferanten in unserem Restaurant erhalten haben. T-Shirts, Wasserbälle, Buntstifte, breite Halsbänder, um die Schlüssel mit sich zu tragen.

Alle diese Sachen packen wir in den Wagen. Zuerst geht es aber noch in den Supermarkt. Bonbons für die Kinder im Armenviertel kaufen.

Uns wird es jetzt schon etwas mulmig in der Magengegend. Wir zwei Weißen allein im Armenviertel unterwegs? Mit einem auffälligen Pick-up? Wenn das nur gut endet. Viele Straßenhunde liegen herum, krank oder faul. Schmutz, Abfall säumt den Straßenrand. Die Mülltonnen sind über und über voll. Es riecht stark in der Mittagshitze.

Esther hat uns genau erklärt, wie man zu ihrem Haus gelangt. Es hat sich ganz einfach angehört! So klein ist der Ort aber nicht. Nichts von wegen einfach. Alle Hütten gleichen sich. Überall winzige Straßen (Schotterpisten), die links abbiegen. Rechts eine große Wiese oder eher Müllhalde. Dort grasen Kühe zwischen Plastikflaschen, vielen leeren Glasflaschen, Unmengen von Plastiktüten, Blechbüchsen, Styroporbecher. Kinder spielen dort im Dreck. Die Meisten sind nackt. Tummeln sich in Schlammpfützen. Ein Kulturschock, den man so rasch nicht vergisst.

Am Straßenrand, halb auf der Fahrbahn, sitzen seelenruhig Domino spielende Männer. Frauen mit ihren Babys auf den Armen, Haarwickler montiert, stolzieren auf der Straße auf und ab. Alle schauen unserem Pick-up, den die Leute dort nicht kennen, hinterher. Mofas überholen so knapp am Wagen vorbei, dass man wirklich glaubt, jetzt hat es einen Kratzer am Auto. Hungrige Straßenhunde, zum Teil noch Welpen, zerreißen Mülltüten um Essbares zu finden. Mager, dürr, fast kein Fell, dreckig - einfach arme Kreaturen.

Wo ist das Haus von Esther? Nach langem Suchen hat mein Mann die Abzweigung gefunden. Wir fahren auf einer Schotterpiste. Kinder springen uns entgegen, schreiend und lachend. Hinter dem Pick-up kommen noch mehr kleine schokoladenfarbige Kinder angerannt. Mädchen mit vielen kleinen Zöpfchen, bunten Schleifen und farbigen Kügelchen in den Haaren. So süß sie sind, genau so arm sind sie auch. Und trotzdem sind sie alle glücklich. Nun stehen wir vor der Hütte von Esther. Freudestrahlend kommt sie aus ihrem ›Haus‹.

Stolz zeigt sie den Chefs, wie sie wohnt. Erschreckend das zu sehen.

›Mit fünf Kindern hier zu leben. Keine Frau aus der Schweiz würde hier auch nur einen Tag mit nur einem Kind überleben‹, geht es mir durch den Kopf. Viele verwöhnte Dämchen sollten hier einmal ein Wellness-Weekend verbringen müssen. Genau hier! Das würde Vielen gut tun oder gar Wunder bewirken. Immer sauber gekleidet sind Esther und ihre Kinder. Immer gut gelaunt, glücklich und so herzlich. Gastfreundlichkeit pur. Haben sie fast nichts, wird das Letzte noch mit uns geteilt.

Mein Mann sieht sich das ›Haus‹ genauer an. Ruft mich zu sich und zeigt auf eine Bretterfassade. Wenn man diese mit dem Daumen etwas drückt, kann es sein, dass das ganze ›Haus‹ zusammenklappt.

Esther hat ein Zimmer für sich und die Mädchen. Ein Bett steht drinnen, wo sie zu viert schlafen und eine Schnur ist gespannt. Auf dieser legen sie ihre Kleider ab. Der Junge hat ein Zimmer für sich. Doch zu zweit im Raum ist kein Platz mehr frei. Man kann sich nur um die eigene Achse drehen und ins Bett fallen lassen. Ob das Bett das aushält und wie lange noch? Dann ist da noch die ›Küche‹, anderthalb Quadratmeter groß, ein Rechaud auf dem Boden. Eine Holzkiste, auf der das Geschirr steht. Zwei Tassen, drei Teller, ein Blechbecher. Im Vorraum, circa zwei Quadratmeter, stehen ein uralter Holztisch mit drei Beinen, zwei Stühle und ein kleiner

Kühlschrank. Diesen hat sie von ihrem letzten Arbeitgeber erhalten. Hinter dem ›Haus‹ befindet sich ein kleiner Anbau, der einen Meter ab Boden gebaut ist. Darin ist das Badezimmer. Eine Dusche mit Kaltwasser, eine uralte Toilette und ein Handwaschbecken. Dieses Bad haben unsere Freunde bauen lassen. Damit sich die Familie wenigstens drinnen waschen kann.

Nun ist das aber so, dass das ganze Quartier dieses Bad benutzt. Und genau so sieht es auch aus. Heruntergekommen verschmutzt, kaputt und es stinkt. Wir fragen Esther: »Wie macht ihr das hier? Wie lebt ihr?«

Esther erzählt: »Wenn es viel Regen hat, fließt ein kleiner Fluss durch das Haus. In der Nacht, wenn der Regen kommt, schlafen wir alle unter Plastikplanen. Morgens dann müssen wir durch Wasser laufen und erst mal alles einigermaßen trocknen. Vor die Tür stellen könne sie die Sachen nicht, sonst seien die weg. Geklaut. Dann bringe sie die Kinder zur Schule, bevor sie selbst zur Arbeit gehe. Wenn es aber tagelang regnet, benutzen wir einfach keine Schuhe, watscheln durch das Wasser, legen uns unter die Planen. Licht haben wir auch nicht immer. Kochen tue ich auf dem Boden. Habe ich kein Gas mehr, mache ich vor dem Haus ein Feuer. Ist das Holz nass, gibt es eben nur Zuckerwasser, um unsere Bäuche zu füllen.

Ist ein Hurrikan im Anmarsch, weiß ich nie, ob die Bude das noch aushält. Natürlich muss ich das spärliche Inventar in die Höhe stellen. Was ja kaum möglich ist.« Unglaubliche Welten öffnen sich mir. Diese Gegensätze zwischen Europa und der Karibik.

Sicher, oft haben wir das bei Ausflügen auf der Insel aus der Ferne oder in Fernsehberichten gesehen.

Vor Jahren, als Touristen, sind wir mit einer Gruppe durch die Slums gefahren. Warum nur haben wir damals nicht besser überlegt? Heute schämen wir uns, dass wir mitgefahren sind. So etwas macht man einfach nicht, das ist doch diskriminierend. Schaulustige, die gaffen und Fotos knipsen, um zu zeigen, wie die Leute leben. Die Leute hier müssen sich vorkommen wie Affen im Zoo. Oder fahren Touristen durch die Armenviertel oder Drogenstellen in Europa? Zu den Obdachlosen, um zu gucken? Fotos knipsen, damit man dann zu Hause was zu zeigen hat? Gaffen und den Kopf schütteln? Froh sein, dass man im Bus sitzt?

Warum nur haben wir damals bei so etwas überhaupt mitgemacht? Gedankenlos den anderen Personen folgend, die diesen Ausflug auch gebucht haben. Mitläufer. Traurig. Dann Kindern Zeugs verteilen, was die Kleinen niemals benötigen werden? Einfach nur dumm, als Schaulustige, die stolz sind, weiß zu sein und Geld zu besitzen. Pfui, nein, so etwas kommt nie mehr vor. Wir schämen uns in Grund und Boden, so etwas einmal gemacht zu haben. Wo doch wirkliche Hilfe sehr viel nötiger ist. Schule bezahlen, Reis kaufen und vieles mehr.

Jetzt stehen wir in der Küche bei Esther. Dann geht es los. Es werden die mitgebrachten Sachen verteilt. Noch nie haben wir so etwas erlebt. Wir stehen in Esthers Vorraum. Dieser Raum füllt sich. Ein Gedränge um uns Weiße. Glücklich schreien die Kinder: »Hier, ich auch.« (Aquí, yo también.)

Lachende Gesichter. Mein Mann verteilt erst die Bälle und Stifte an die Kinder. Ich werde an die Wand, wenn man noch Wand dazu sagen kann, gedrückt. Jedes Kind bekommt etwas. Zum Glück haben wir genügend mitgebracht. Dann ist es so weit, mein Mann öffnet die Tüte mit den Bonbons. So möchte er jedem Kind drei Stück in die Hand drücken. Unmöglich! Das geht gar nicht, das kann man nicht so handhaben. Okay, alles raus, vor das Haus. Ich höre, wie mein Mann ruft: »Achtung, fertig, los.« Schon wirft er eine Handvoll Bonbons in die Kindermenge. Ein Gelächter, Geschrei von Groß und Klein. Keines beklagt sich, wenn das andere Kind etwas mehr gefunden hat. So geht das Spiel weiter, bis alle drei Tüten verteilt sind. Sogar erwachsene Männer und Frauen suchen kniend auf der Erde nach den Süßigkeiten. Die Freude der Einheimischen ist riesig. Sie lachen, tanzen, singen. Es ist einfach wunderschön.

Dann spricht Esther ein Machtwort. »Kinder, jetzt ist genug, es gibt nichts mehr. Geht nach Hause.« Und siehe da, der Vorplatz leert sich. Nur die Erwachsenen sind noch da. Esther hat sie darum gebeten, noch zu bleiben. Sie wissen alle nicht, was jetzt kommt. Wir holen die Taschen mit den T-Shirts, Schuhen und unseren gebrauchten Kleidern. Zum Glück haben wir das alles aus der Schweiz mitgebracht. Haben doch gewusst, dass diese Kleider und Schuhe hier gerne und mit großer Freude genommen werden. So wissen wir, dass die Kleider dort ankommen, wo diese dringend gebraucht werden. In allen Größen auch für Kinder haben wir Kleider, Schuhe und Decken dabei. Freudentränen sehen wir bei den Erwachsenen. Dankbar nehmen sie alles an. Fast etwas beschämt und scheu zum Teil. Doch mit unserer offenen, unkomplizierten Art werden wir herzlich aufgenommen.

Mein bisschen Spanisch kommt jetzt zum Einsatz. Für was hat man Hände und Füße? Unterhalte mich so gut ich kann mit allen. Frauen und Männer nehmen mich in ihre Arme. Dankbar küssen sie mich. Etwas peinlich berührt und auch ungewohnt spüre ich deren Dankbarkeit. Tränen kommen bei mir, das geht mir alles so nah.

Noch nie haben wir so etwas erlebt. So verbringen wir fast den ganzen Nachmittag im Haus von Esther. Gegen Abend machen wir uns auf den Weg nach Hause. Man lässt uns nicht gerne gehen. Jeder will uns noch einladen. Doch wir müssen zu den Hunden. Das sagen wir auch offen und ehrlich.

Wir kommen bestimmt wieder, keine Sorge. Was wir bis heute regelmäßig machen.

In unserem Haus, für das ich mich nun fast schon schäme, angekommen, werden wir erst einmal von den drei Vierbeinern überfallen. Klar, wir sind ja auch Jahrzehnte weg gewesen.

Von dem, was wir da gesehen und erlebt haben, sind wir richtig überwältigt. Lange sitzen wir auf der Terrasse. Planen, tauschen uns aus, rechnen und zeichnen. Eines ist uns beiden klar.

Esther braucht ein Haus, das Wind und Wetter standhält.

Viele Wochen nach unserem ersten Besuch. Es hat sich einiges getan. Ich musste leider für lange Zeit in diverse Spitäler. Hier ist das so, dass immer jemand beim Patienten bleiben muss. Denn das Pflegepersonal ist nicht mit Europa vergleichbar. Essen bringt mir mein Mann, nachts schläft er auf einem Notbett neben mir. Mehrmals täglich fährt mein Mann hin und her. Hunde betreuen, dem Gärtner die Arbeit zeigen, einkaufen, zum Spital und wieder zurück.

Nachts wieder Spital. Ab und zu wird mein Mann von Gabi, einer Bekannten, abgelöst. Doch leider hat die Bekannte auch ein Geschäft und kann nicht jeden Tag oder jede Nacht bei mir bleiben. Mein Zustand wird immer schlechter, sehr schlecht. Meinem Mann geht langsam die Luft aus. Er leidet unheimlich, und das sieht man ihm auch an. Fast keinen Schlaf, der Stress und die Angst um mich. So kommt es, dass Esther meinem Mann das Angebot macht, einige Nächte bei mir zu verbringen. Und das macht Esther mit ganzen Herzen. Sie pflegt und wäscht mich. Ruft nach den Schwestern, reklamiert und setzt sich durch. Sie war und ist einfach ein Engel. Nach Monaten bin ich endlich wieder zu Hause, noch sehr schwach, viel zu dünn, mit neununddreißig Kilogramm. Esther pflegt mich weiter. Um meinen Mann hat sie sich super gekümmert, hat gekocht, gewaschen, geputzt. Zu ihren Kindern geschaut, ihr Haus geputzt, immer freundlich, glücklich, sauber und ehrlich.

So entschließen wir uns, Esther zu belohnen. Esther, ein Engel ohne Flügel.

29. Hausbau Esther

Wir überraschen Esther in ihrem Haus, fragen sie, ob sie einverstanden ist, wenn sie ein neues Haus bekommt.

Ein Haus, das wetterfest ist und auch einem Hurrikan standhält. Alle sollen ihr eigenes Zimmer bekommen! Esther fällt aus allen Wolken. Das hat sie nicht erwartet, dass ihre Chefs so etwas vorhaben. Wir sehen aber auch, wie Esther nachdenkt.

Mir geht auch sehr viel durch den Kopf: »Ist es richtig, uns so in ihr Leben einzumischen? Fühlt sie sich schuldig? Denkt Esther nun, sie sei zu wenig für uns? Schämt sie sich nun plötzlich, aus so einem Slum zu kommen und in so einem Holzhaus zu wohnen? Dürfen wir wirklich so handeln?«

Doch Esther spricht, weint, fällt uns um den Hals, holt Nachbarn und ihre Kinder. Alle sollen es erfahren: »Ich bekomme ein richtiges Haus aus Stein«, ruft sie und tanzt mit uns. Sofort setzen wir drei uns zusammen und zeichnen grob einen Grundriss. Das Haus soll auf Esthers Land passen und so groß sein, dass auch ein Garten machbar wird. Soweit ist alles besprochen. Nun beginnt mein eigentlicher Job. Ich sammle für den Hausbau von Esther. Schreibe per E-Mail an unsere Freunde in der Schweiz. Sende

Fotos der Hütte. Beschreibe, was wir vorhaben. Es ist kein leichtes Unterfangen. Merke, wer Freund und wer Neider ist. Bekomme Antworten wie: »Wenn man kein Geld mehr hat, wandert man auch nicht aus.« Oder: »Betteln, kein Geld, dann geht auf das Konsulat.«

Im Anhang sende ich Fotos vom Holzhaus. Beschreibe, wie Esther lebt. Es wird niemand gezwungen, etwas zu geben. Doch sind wir für jeden Franken sehr dankbar.

Nach einigen Wochen des Bangens und Wartens kommt dann etwas Geld zusammen. Komischerweise haben alle jene gespendet, die selbst nicht viel zum Leben übrig haben. Viele reichere Personen geben NICHTS. Im Gegenteil, ich bekomme dann die Antwort: »Schreib mir bitte nicht mehr, wenn ihr in Geldnöten seid.«

»Idioten«, denke ich mir, die keine Ahnung haben, alles besser wissen, Spinner eben.

Natürlich rege ich mich sehr über solche Schreiben auf. Wir sind nicht in Geldnöten. Wollen lediglich etwas Hilfe, um das Haus für Esther zu bauen. Denn in unserem Budget ist so etwas Großes einfach nicht eingeplant. So kommen sechstausend Franken zusammen. Jetzt wird angepackt, los geht es. Die Bauarbeiter, alles Freunde von Esther. Sie kommen in ihrer Freizeit und arbeiten gratis. Der Bau, mit der

Hilfe von Esthers Freunden super, ansonsten würden die Baukosten noch viel höher. Bis das Haus fertig ist, erhöhen sich die Ausgaben auf ganze elftausend Franken. Das Haus ist nun im Rohbau fertiggestellt, doch Esther kann und will nicht abwarten. Für sie ist schon der Rohbau bewohnbar. Weder innen noch außen gestrichen. Das Badezimmer nicht benutzbar. Ihr ist das egal, sie will jetzt einfach in ihr Haus aus Stein.

Wöchentlich besuchen wir die Baustelle. Schauen, dass alles richtig erledigt wird. Dass kein Material gestohlen wird oder sonst wie verschwindet. Doch nie kommt auch nur ein Nagel weg. Esther und ihre Kinder arbeiten fleißig mit. Da wird bis spät in der Nacht geschuftet. Licht spenden Taschenlampen, die die Kinder in ihren Händen halten. Täglich kommt Esther zur Arbeit. Stolz und glücklich bedankt sie sich jedes Mal wieder. Nach sieben Monaten ist das Haus nun wirklich bewohnbar. Genau zur rechten Zeit, bevor die Hurrikansaison beginnt. Es fehlen nur Kleinigkeiten, die wir spenden. Mein Mann baut Küchenmöbel, Regale und Kleiderständer. Immer wieder kaufen wir günstige Artikel für Esther. Bettlaken, Wäsche und vieles mehr. Wir schenken ihr unseren alten Kühlschrank. Verladen den Wohnzimmertisch aus Holz mit den sechs Stühlen auf unser Fahrzeug und bringen auch diesen zu Esther.

Den Inverser bekommt sie auch, muss diesen aber erst zur Reparatur bringen. Batterien dazu kaufen muss sie selber, sodass Esther immer Licht im Haus hat. Ihre Kinder und Esther sind wirklich überglücklich.

Doch was Esther nicht weiß, dass auch noch ein Fest geplant ist.

Eine Aufrichtung sagen wir in der Schweiz. Einweihung des Hauses und ein Dank an alle, die mitgeholfen haben diesen Bau zu realisieren. Es gibt ein Spanferkel, Reis, Jukka und Salate. Getränke und vieles mehr.

›Lass dich überraschen‹, denken wir.

»Am Samstag in einer Woche gibt es ein Fest für die Arbeiter und deren Familie«, teilen wir ihr mit. »Esther, bitte kochen Sie dann den Reis und das Gemüse.«

Wir bringen Esther den Reis, den sie benötigt, in ihr neues Haus. Ein Schweinchen besorgt Esther und wird es noch füttern, bis es auf die Schlachtbank muss. Wir bezahlen das Schwein.

Ich taufe das Ferkelchen auf den Namen Margarita. Besuche das Ferkel auch einige Male, was ich besser nicht getan hätte. Kenne ich ein Tier persönlich, kann ich es nicht essen. Nie und nimmer.

Am Tag vor dem Fest geben wir Esther noch vier Hühnchen mit zum Braten, damit dann am Samstag wirklich alle genug zu essen bekommen. Am Samstag fahren wir nach dem Mittag los.

Das Fest sollte um 15 Uhr beginnen. Die Musik hören wir schon von Weitem. Kinder kommen uns wie immer entgegen. Es wird gejubelt, als mein Mann den Wagen anhält und die Racker hinten auf die Ladefläche steigen dürfen. An die zwanzig Kinder zwängen sich auf die Ladefläche und haben ihren Spaß. Vor dem Haus von Esther stehen viele Leute. Etwas weiter hinten versetzt haben die Arbeiter einen Unterstand gebaut. Unter diesem mit Palmenblättern gedeckten Unterstand drehen Männer fleißig abwechslungsweise einen langen Spieß mit dem Schweinchen. Es duftet und doch vergeht mir ganz rasch der Appetit. Oh, nein, Margarita lebt nicht mehr. Um vier Uhr morgens haben sie das Schwein vorbereitet. Gefüllt und auf einen Spieß gesteckt.

Die im Qualm zum Teil stehenden oder hockenden Männer haben Durst. Die Rumflasche macht die Runde. Der Rum ist wohl eher ein Antriebsöl, denn je mehr die Männer davon intus haben, umso schneller dreht sich Margarita am Spieß.

Wir kauften noch Sprudel für die Kinder. Esther stellt die Flaschen kühl. Nun werden wir jedem Einzelnen vorgestellt. Juan, Jose, Miguel und wie die Männer alle heißen. Bei den Frauen geht es einfacher. Sie kommen und drücken uns einfach. Küsschen hier und Küsschen da. Ein Palaver, dass man sein eigenes Wort nicht mehr versteht. Die rhythmische, laute Musik übertönt das ganze Geschehen.

Esther steht in der Küche und bereitet die Speisen zu: Reis, Jukka, Mais und Salate. Ein alter, wackeliger Holztisch wird draußen auf dem Vorplatz aufgestellt. Frauen zaubern eine ganz einfache Dekoration. Blumen und Bananenblätter natürlich.

Es wird getratscht, gelacht, die Lautstärke der Musik dröhnt für uns Europäer unverständlich in den Ohren. Wie man unter diesen Umständen eine Unterhaltung führen kann? Mit Händen und Füssen.

Tanzen, singen und Rum nachschütten. Ob Männer oder Frauen, alle schütten sich das Gesöff rein. Nach einer Stunde kommen die Männer mit dem Spanferkel am Spieß zum Tisch. Nur der älteste, angesehenste Mann darf an das Schwein, um dieses fachgerecht zu zerlegen. Kinder, Männer und Frauen stehen mit den mitgebrachten Tellern bereit.

Was für ein Festessen, das alle genießen. Kinder nagen genüsslich an Schweine- und Hühnerfüßen herum. Verschmiert ist ihr Mund bis hinter die Ohren. Glänzende, strahlende Augen. Wir halten uns zurück und schauen dem Treiben mit Freude zu. Ich frage einmal in die Menge, ob ich Fotos knipsen darf?

»Kein Problem«, lachen alle diese Genießer. Hier ist nie etwas ein Problem. Esther kommt mit zwei gefüllten Tellern zu ihren Chefs. Ich esse aber kein Schwein, nein das kann ich Margarita nicht antun. Also holt sie für mich ein winziges Stück Huhn. Das Essen ist für die Arbeiter gedacht, nicht für uns. Die haben sich das durch die ehrliche Arbeit auch hart verdient.

Die Leute schmatzen, lecken sich die Finger und schlagen sich die Bäuche voll. Danach wird getanzt und gefeiert. Und wie da gefeiert wird. Nach dominikanischer Art, laut, aber mit viel Herz und Lebenslust. Ich werde einfach mitgerissen. Muss in der Mitte der Menge mittanzen. Herrlich, so etwas zu erleben. Dankbare, liebe, nette ganz einfache Menschen, die nichts haben außer ihrem Leben. Freundschaften fürs Leben werden geschlossen. Später, sehr viel später, müssen wir nach Hause. Da wir noch nicht so sicher sind, was Jacky im Haus wieder alles auf den Kopf stellte.

Keiner will es verstehen. »Warum geht ihr schon, das Fest hat doch erst begonnen«, werden wir gefragt. Wir verabschieden uns aber von jedem Einzelnen und bedanken uns noch einmal für die geleistete Arbeit. Tränen fließen, nun aber ab nach Hause. Eindrücke sind das, alle Freunde und Bekannte, die etwas gespendet haben, bekommen von mir Fotos, einen ausführlichen Bericht. Natürlich auch Bilder vom Fest, den Kindern, dem Spanferkel und vor allem vom Haus innen und außen.

Am Montag kommt Esther wieder zur Arbeit und muss erst einmal berichten, wie das Fest noch weitergegangen ist. Sie bedankt sich andauernd bei uns. Umarmt mich und will auf die Knie fallen. Das lasse ich aber nicht zu. »Esther, wir sind auch nur Menschen wie ihr auch. Wir haben eine hellere Haut, aber trotzdem, sind wir alle gleich. Wir dürfen Gäste sein in eurem schönen Land. Dafür sind wir dankbar. Keiner kann sich aussuchen, wo er geboren wird«, erklären wir ihr und sie staunt nur. So etwas hat sie noch nie erlebt. »Solche Menschen wie euch gibt es wirklich«? Heute noch, nach Jahren, bedankt sich Esther bei uns Gringos. Sie ist für uns ein Familienmitglied, das es verdient, dass man ihr Respekt entgegen bringt. So behandelt wird, wie wir auch behandelt werden möchten. So wie man alle Menschen behandeln soll.

Die Regen- und Hurrikanzeit haben zum Glück alle trocken überstanden. Das Haus von Esther ist voll belegt mit Verwandten, die keine trockene Hütte haben. Damit jene wenigstens diese schwere Zeit etwas einfacher überstehen. So leistet Esther auch ihre Nachbarschaftshilfe. Verteilt Reis an die Leute im Bario, die nichts haben, wenn Sie ihr Gehalt bekommt. Regnet es stark, dürfen einige Leute in ihr

Haus oder wenigstens auf der Terrasse verweilen. Zu einem späteren Zeitpunkt werden wir eine öffentliche Toilette bauen lassen. Einen Reinigungsplan anbringen. Jeder, der diese benutzt, muss diese danach auch säubern! Kinder dürfen nicht ohne Aufsicht der Eltern oder einer erwachsenen Person diese Toilette benutzen. Es ist schon einmal ein Kleinkind ausgerutscht und hat sich schwer am Kopf verletzt. So ein Unglück darf nicht mehr vorkommen. Immer wieder reden wir mit den Bewohnern in den Slums. Verschmutzte Toiletten übertragen viele Krankheiten: »Wollt ihr alle krank werden? Möchtet ihr, dass eure Familien sterben?« Viel Arbeit und Überzeugungskraft kostet es mich. Einige haben es begriffen, andere muss ich immer wieder überzeugen. Hygiene, ein sehr wichtiges Thema, dass oft vom Volk unterschätzt wird.

Okay. Veil Zeit intensivieren wir. Bei jedem noch so kleinen Erfolg klopfe ich mir selbst auf die Schulter. Gut gemacht.

Dann wird die Toilette in Angriff genommen. Sollte ich nun wieder sammeln? Mich bettelnd an die daheimgeblieben wenden? Nein, ich lass mich nicht anpöbeln. Wir bezahlen alles aus eigener Tasche.

30. Besuch unserer Kinder

Die Vorfreude ist etwas Tolles, Wunderbares. Endlich! Die Kinder lösen ihre Gutscheine, die Abschiedsgeschenke, ein. Besuchen uns über Ostern. Im Vorfeld haben wir für die jungen Erwachsenen ein geeignetes Hotel gesucht. Es muss in der Nähe von uns sein und doch zentral. Nahe dem Städtchen, dem Meer, sauber und gut. Wir finden genau das richtige Hotel. Also telefonieren wir abwechselnd, dafür stundenlang über Skype mit jedem der Kinder. Ich maile Fotos vom Hotel. Mein Mann steht mit dem Computer auf Kriegsfuß.

Der große Tag kommt. Viel zu früh machen wir uns auf den Weg Richtung Flughafen. Warten. Warten ist etwas, das an meinen Nerven zerrt. Immer wieder guck ich auf die Uhr, dann wieder auf die Anzeigetafel, wo ersichtlich ist, wann welcher Flug im Landeanflug ist. Viel zu sehen gibt es, doch ich will nur endlich die Kinder sehen. Mein Mann holt uns etwas zu trinken; in der Hoffnung, wenn ich da am Fläschchen nuckle, schweige ich. Fehl gedacht, ich quassele weiter. Wie ein Tiger im Käfig laufe ich hin und her. Zur Anzeigetafel und zurück. Zu meinem Mann. Frage ihn zum hundertsten Mal: »Siehst du sie schon?« Wieder bewege ich mich in Richtung zum Ausgang der Ankunftshalle, dann wieder zurück. Es haben sich sicher schon tiefe Furchen im Betonboden gebildet.

Der Flug wird angezeigt. Sie und mit ihnen Hunderte von Urlaubern sind gelandet. Das heißt jetzt aber nicht, dass die Jungen nun innerhalb von fünf Minuten vor uns stehen. Mein Mann meint: »Hab Geduld, bis die alle ihre Siebensachen beieinanderhaben, durch den Zoll sind und sich Richtung Ausgang bewegen, kann es noch dauern. Jetzt setz dich endlich hin.«

Ich halte es auf dem angeschraubten, schmutzigen Plastikschalensitz aber nicht sehr lange aus. Renne zum Ausgang, hüpfe herum und falle wohl etwas auf. Egal, unsere Kinder kommen.

»Sie kommen«, schreie ich zu meinem Mann, der längst neben mir steht, den ich aber nicht bemerkt habe. »Hallo, hier sind wir!«, rufe ich und winke mit beiden Armen. Hätte fast einem wartenden Mann die Hand ins Gesicht geschlagen. Nur fast, zum Glück. Ich falle bestimmt etwas unangenehm auf.

Egal, unsere Kinder kommen. Die Tochter und die Jungs kommen strahlend auf uns zu. Wir fallen uns in die Arme, Freudentränen fließen. Die Tochter plappert drauf los und kann es kaum erwarten, alles zu sehen. Von wem hat sie das bloß?

Wir bringen die Jungmannschaft erst mal in ihr Hotel und vereinbaren einen Zeitpunkt, wann wir wieder vor dem Hotel zur Verfügung stehen. »Packt erst mal aus, erfrischt euch und seht euch im Hotel um«, meint Papa.

Es ist achtzehn Uhr und wir müssen schnellstens zu den Hunden. Da die Vierbeiner keine Windeln tragen, hoffe ich, dass wir keine Pfützen im Haus antreffen. Vertraue darauf, dass zu Hause noch alles heil geblieben ist und an seinem Ort steht. Man weiß nie, was Jacky so alles anstellt.

Brav war er, der Macho, hat doch nur ein Kissen zerrupft. Wohl eine Privat-Party gefeiert. Oder haben sich die beiden anderen lieben Hunde an der Orgie mit beteiligt? Vierbeiner in den Garten, aufräumen, duschen, umziehen, die Zeit verfliegt wie im Fluge. Das die Kinder auf der Insel angekommen sind, bereitet uns eine riesige Freude. Mit zittrigen Fingern hadere ich mit meiner Ankleide. Die Kleiderwahl, mein stetiges Problem.

»Was denkst du? Gefallen ihnen die Zimmer, das Hotel und die Insel? Die werden bestimmt übermüdet sein von dem langen Flug und der Zeitverschiebung.« Fragend schaue ich zu meinem Mann.

»Komm, die Zeit wird knapp. Wir können uns doch sofort selbst davon überzeugen, wie es der Jungmannschaft bis jetzt gefällt«, drängt mein Partner.

Wie besprochen, stehen wir zur abgemachten Zeit wieder vor dem Hotel.

»Fahren wir nun zu euch nach Hause gucken?«, fragt uns die Tochter.

»Ich denke, es ist schon etwas spät. Ihr alle habt sicherlich Hunger und seid bestimmt müde vom langen Flug«, gibt mein Mann zur Antwort. »Wir gehen erst zusammen essen, dann könnt ihr uns in aller Ruhe alles erzählen. Was in der Schweiz so vorgefallen ist. Wie der Flug war. Wie die Zimmer und die Hotelanlage euch bis jetzt gefallen.«

Wir wissen genau, wo wir essen gehen und genießen den ersten Abend mit unseren Kindern, die nicht müde, sondern immer aufgekratzter werden.

›So jung sollte man noch sein‹, geht es mir durch den Kopf. Ich bin schon etwas müde, habe mich selbst so gestresst. Unter Druck gesetzt. Vorgestellt, was alles schieflaufen könnte. Typisch Mama eben. Welche Mutter macht sich keine Sorgen, wenn die Kinder das erste Mal eine so lange Reise alleine unternehmen?

Doch kaum haben die Jungen Ihre Bäuche gefüllt, kommt doch auch so langsam die Müdigkeit.

Der Eine gähnt schon so ausgiebig, dass man bis in den Magen gucken kann. Die Tochter bestellt sich einen ersten und letzten Cocktail für diesen Abend, den sie aber nicht mehr austrinkt. Nun, urplötzlich wollen sie alle ins Hotel und nur eines, ein Bett und schlafen. Wir fahren die Jungen vor das Hotel und machen einen Termin für den kommenden Tag aus.

»Morgen kommt ihr dann erst mal zu uns und könnt euch alles ansehen. Badezeugs mitnehmen, gute Nacht und schlaft schön, bis morgen dann«, verabschieden wir die müde Gesellschaft. Pünktlich fahren wir anderntags vor, die Vier warten bereits. »Wir sind so aufgeregt, wollen nun unbedingt sehen, wie ihr wohnt«, plappert alle durcheinander.

Im Eiltempo nach Hause, dazu noch erklären, was denn wo ist und die Kinder staunen nur.

»Haben gedacht, dass ihr in der Pampa wohnt«, lacht die Tochter. Zu Hause angekommen beginnt der ganz normale Wahnsinn. Fast erwachsene Kinder, alle auf einmal im Haus? Wer kennt das nicht. Man besitzt zu wenig Hände, Augen und vor allem Ohren und Worte um allen gerecht zu werden.

Nun lassen wir die Vier erst mal die Hunde begrüßen, was einen großen Trubel gibt. Hundehaare fliegen in alle Richtungen, rein in das Haus, raus aus dem Haus. Durst, gucken und Fragen über Fragen. Also setzen wir uns erst mal alle hin und es wird getratscht, gelacht und wir sind alle überglücklich. Nun möchten die Vier den Pool mit Beschlag belegen. Auch gut, setzen wir ›Alten‹ uns auf die obere

Terrasse, mit Kamera, Getränken, Badetüchern, Wasserball und Hunden bewaffnet. Schauen dem wilden Treiben im Wasser zu. Jetzt kommt das runde Jacuzzi dran. Alle setzten sich rein, Papa macht den Sprudel an.

Die Vier sitzen da drinnen, das Wasser blubbert und sprudelt. Ich habe mal wieder meine Tagträume. »Wenn ich jetzt noch Karotten, Zwiebeln, Lauch, ein Lorbeerblatt reinschmeiße, die Temperatur höher stelle, was gibt das für eine Suppe? Die Vier brodeln so schön da drinnen, soll ich mir einen Knochen in mein Haar stecken? Herumtanzen, abwarten, bis alle gut durchgekocht sind? Sind wir doch die Wilden aus der Pampa? Menschenfresser?«

Ich erwache aus meinem Traum. Erkenne, wie einer der Jungs gefährlich auf dem Rand vom Jacuzzi herumturnt. Urplötzlich schreit er wie wild, beugt sich leicht nach vorne und zeigt mit dem Zeigefinger in eine Richtung: »Lueget mou dert, en Kolibi!« (Schaut Mal dort, ein Kolibri.)

Fast wäre er über den Rand gestürzt vor lauter Euphorie. Jetzt geht wohl das Temperament mit ihnen durch. Sie beginnen, sich wie vierjährige Kleinkinder zu benehmen. Hechten in den Pool, Po voraus, schreien, spielen. Ist überhaupt noch Wasser im Pool? Sind das unsere Kinder? Ich zücke die Kamera. Bilder entstehen, die die Sprösslinge irgendwann, wenn sie heiraten wohl von uns als Geschenk erhalten werden. Bereue zutiefst, dass ich nicht schon Fotos von der Suppe geknipst habe, geht es mir durch den Kopf.

Wir lassen die Kinder nun erst einmal ›spielen‹ und flüchten vor das Haus. Lassen wir sie austoben. Wir sind in diesem Moment nur froh, dass der Nachbar ein schlechtes Gehör hat. Was wenn nicht? Bei dem Geschrei von vier über zwanzigjährigen Jungs und Mädel? Von Reklamationen wären wir wohl nicht verschont geblieben.

Andere Tage verbringen wir mit Ausflügen. Abendessen findet fast immer bei uns statt. Spendieren den Kindern zwei ganz spezielle und super Ausflüge, damit sie auch etwas erleben. Einiges über die Insel erfahren und sehen.

Sie fahren mit einer Gruppe zu den siebenundzwanzig Wasserfällen. Dort kann man herunterrutschen, herunterklettern, reinspringen, baden, austoben und Spaß haben in der schönen Natur.

Eine Rundfahrt in die zweitgrößte Stadt Santiago. Die Fahrt auf der Autobahn ist schon ein Abenteuer. Dort besichtigt die Gruppe eine Zigarrenfabrik und andere Sehenswürdigkeiten.

Wir fahren über Stock und Stein mit Ihnen zum Monkey Jungle, Zip Line Park. Dort können die Vier sich nach Lust und Laune austoben.

Zum Einkaufen geht es nach Puerto Plata. Hosen, Schuhe, T-Shirts. »Wir teilen uns auf, Männer und Frauen gehen separat auf Tour«, spricht der Papa ein Machtwort. Das muss man uns Freuen nicht zweimal sagen. Also rennen wir drei Frauen drauflos. Schuhe und was für Schuhe.

Die Tochter flippt aus. »Solche Teile habe ich ja noch nie gesehen.« Stöckelschuhe in allen Farben und Höhen.

Episode: Der ›Wahnsinnseinkauf beginnt.‹ Die Tochter möchte für eine Party unbedingt goldene und silberne Schuhe.

Die Freundin vom Sohn sucht sich Kleider aus.

Ich renne zwischen den beiden Mädels hin und her. »Oh, ja, das steht dir gut.« Schon ruft die Tochter: »Mami, Mami, guck doch mal, kann ich solche dicken Dinger anziehen und das in der prüden Schweiz?« Mein Marathon geht weiter. Wieder schreien die Mädels, vor allem unsere Tochter hört man durch den ganzen Laden: »Du, Mami, hast du schon einmal so einen 'Arsch push up' gesehen?« Und schon hält sie das Unding in die Höhe. »Mach ein Foto, das will ich dann im Büro zeigen. Ist dir auch aufgefallen, dass die Schaufensterpuppen solche Hinterteile haben?«, zeigt sie, indem sie beide Arme weit auseinanderhält. »So groß wie eine hundert Franken schwere Praline? Und Brüste, da können die Männer glatt Ihren Cuba Libre drauf deponieren. Mensch, so eine Puppe muss ich haben und mit nach Hause nehmen. Das glaubt mir sonst keiner.« Schon zückt sie die Kamera und fotografiert von oben bis unten jedes Detail der Puppe haargenau. Was ich von diesem 'Arsch push up' nun auch machen muss. Fotos knipsen. Einmal von hinten, dann von der Seite. Ganz nach Wunsch der Tochter und zur Verachtung der Verkäuferin.

»Papa sagt immer, die haben einen Po, die brauchen dafür eine eigene Bankleitzahl«, flüstere ich der Tochter ins Ohr.

Die Freundin vom Sohn schämt sich leicht. Ich muss lachen, denn die vielen Verkäuferinnen hören und schauen schon ganz kritisch zur Tochter hin. »Wenn du so weiter machst, fliegen wir hochkantig aus dem Laden«, schelte ich immer noch lachend die Tochter.

Was unsere Tochter nicht weiß, den Po-Push-up schenken wir ihr zu Weihnachten. Denn jedes Kind bekommt ein Paket von der Insel. Ob sie die gekauften Geschenke gebrauchen können, ist egal, Hauptsache Spaß.

Die Männer stehen schon längst ungeduldig unter der Tür des Ladens. »Habt ihr endlich eure Siebensachen gefunden?« »Kleider und Schmuck fehlen noch. Sind in zwanzig Minuten vielleicht auch fertig. Geht doch schon mal was Trinken oder Essen«, rufe ich zurück. Die Männer ziehen sich kopfschüttelnd zurück.

Nun rasen die Mädels durch das Geschäft und wirbeln richtig Staub auf. Tatsächlich stehen wir dann nach gut geschätzten dreißig Minuten an der Kasse. Ab zu den Männern und etwas trinken. Einkaufen ist ja so toll. Ich bin das nicht mehr gewohnt. Meine Füße spüre ich kaum mehr und mein Kopf brummt. Denn man muss wissen, dass in solchen Geschäften immer Musik den Einkauf begleitet. In einer Lautstärke, die nur Dominikaner verstehen und es von zu Hause aus gewohnt sind. Diskothek oder Shopping?

Ab nach Hause. Normalerweise würden sich mein Mann und ich erst einmal erholen. Doch wenn man Kinder zu Besuch hat, fällt die gewohnte Siesta aus.

Die Models möchten eine Modenschau veranstalten. Geduldig sitzen mein Mann und ich da, müde schauen wir zu, was da so gekauft wurde. Die Mädels können auf ihren Stelzen kaum gehen. Wackelig, leicht schwankend führen sie ihre Kleider vor. Nun darf nur kein Hund die Mädels anspringen.

Die Männer haben eher Praktisches eingekauft. Doch alle sind sie glücklich und möchten nun in das Hotel. Wollen den Abend einmal dort verbringen, Tanzen und an der Bar abhängen. Na, dann Prost. So werden sie alle in das Hotel gefahren. Mit ihren Tüten, vielen Schachteln und Taschen bestückt, klettern sie strahlend aus dem Wagen. Ein schneller, feuchter Kuss und ein Tschüss bis morgen. So steuern Sie zielsicher ihre Zimmer an, um dann an der Bar, noch einen oder auch zwei ›Absacker‹ zu schlürfen.

Wir zwei Alten setzen uns zu Hause erst einmal hin, schauen uns an und beginnen uns köstlich zu amüsieren. Wie Störche haben die Mädels ihre dünnen Beine bewegt, wackelig, Brust raus, Bauch rein und auf dem etwas rutschigen Boden jongliert. Mein Mann ahmt die Tochter nach. Seinen Tonfall lässt er fünf Oktaven höher ertönen und berichtet mit den Worten: »Na, seht ihr, geht doch. Wir können doch in diesen hohen Schuhen genauso gut laufen. Wie waschechte, stolze Dominikanerinnen!« Schade, wir sind so müde. Gerne hätten wir die frisch eingekleideten Kinder in jenen neu erstandenen Klamotten und den Stilettos in eine Bar in Sosua entführt. Das hätte dann wohl einigen ›Damen‹ dort gar nicht in den Kram gepasst. »Kundenklau, das geht gar nicht«, lachen wir.

Dann wird es auch für uns Zeit, in die Kissen zu horchen. Noch drei Tage sind die Kinder hier, das müssen wir noch ausnutzen. Wir unternehmen noch so einiges mit ihnen, doch die meiste Zeit verbringen sie bei uns im Pool oder am Meer. Alle möchten doch so braun wie möglich in die Schweiz zurückreisen.

Die einen werden braun, andere haben eher einen Rotstich, andere hingegen werden in der Nacht die Leuchte sein in ihrem Daseinsdunkel. Genau, gute Idee, so kann man ja auch Strom sparen, wenn der Partner noch lesen will, leuchtet der Liebste. Macht doch nichts, Hauptsache: Farbe.

Sonntag. Langweiligster Tag bis zu diesem speziellen Sonntag.

Nun haben die Kinder den Wunsch, noch einmal von Papi eine letzte ›Coco-Loco‹ zu bekommen. Kokosnuss öffnen, Eiswürfel hineingeben und mit reichlich Rum auffüllen. Strohhalm rein, fertig.

Also macht sich mein Mann auf den Weg zu der Kokospalme, die zuhinterst im Garten steht. Die trägt im Moment viele Kokosnüsse in der passenden Größe. Er erntet einige davon, denn auch unsere Hunde lieben diese Nuss. Das Wasser und das köstliche weiße Fleisch. Gesund ist es auch noch.

Nun wird aber nicht das Getränk zubereitet. Nein, in just jener Kokospalme haben sich einige Wespen niedergelassen. Zwei kolossale Wespennester befinden sich in schwindelerregender Höhe.

»Komm schau dir das an«, ruft mein Gatte mir zu. Nichts wie hin. Ich rase buchstäblich in die Nähe meines Partners. Auweia, das sieht aber gar nicht gut aus.

»Warte, bis es eindunkelt. Dann bespritzt du die mit Wasser und räucherst die zwei Nester aus«, rate ich ihm.

Denn die Wespen hier, wenn die mal zustechen, dass schmerzt richtig heftig.

Ich setze mich wieder zu den Kindern und bitte sie um etwas Geduld.

»Das Getränk kommt heute sicher noch auf den Tisch, nur wann, kann ich nicht sagen.« Wir albern herum, schießen noch Fotos.

Von meinem Mann sehe und höre ich nichts mehr. Das erstaunt mich sehr, neugierig, wie ich bin, muss ich gucken, was er da so anstellt. Habe ich es doch gewusst. So etwas habe ich mir gleich gedacht. Er hat nicht auf mich gehört. Was Frauen schon wissen.

Ha, mein herzallerliebster Gatte holt sich eine lange Eisenstange. Am Ende der Stange befestigt er ein Tuch, wickelt den Stofffetzen um das Ende der Stange. Ich kann mir denken, was er nun machen möchte. Das Tuch wird überreichlich mit Benzin übergossen und angezündet.

Was jetzt passiert, kann man sich wohl lebhaft vorstellen. Mein Mann hält die Fackel in die Kokospalme. Unterhalb der Krone der Kokospalme hat ja bekanntlicherweise so etwas Ähnliches wie Bast, dort wo die Palmwedel angewachsen sind. Trocken ist das Zeug und brennt selbstverständlich rasend schnell wie Zunder. Mein Mann steht da. Die Palme brennt lichterloh, verbranntes, glühendes Material fällt haarscharf an ihm vorbei in den sehr schön gepflegten grünen Rasen. Hinterlässt Brandlöcher, nein Krater. Es brennt weiter und wie es brennt.

Meine Freude hält sich in Grenzen. So etwas wie »Hurra, hurra die Palme brennt«, rufe ich nicht. »Bring mir einen Eimer«, ruft mir mein Mann in aller Ruhe zu.

Was will er denn nur mit einem Eimer? Die Palme brennt und das im obersten Teil. Will er das mit dem bisschen Wasser löschen? Na ja, ich bring ihm das gewünschte Teil. Er füllt den Kübel mit fünf Liter Wasser und versucht das Wasser hoch zu schleudern. Mein Mann ist die Ruhe selbst.

Die Kinder stehen auf der Terrasse und schauen dem Schauspiel lachend zu. Mir ist nicht mehr zum Lachen zumute.

So, nun hat mein Mann geduscht, versucht er nun bitte auch die Palme zu löschen?

»Nimm doch den Gartenschlauch«, rufe ich ihm zu.

»Ah, ja das könnte hinhauen«, meint er und holt den Schlauch. Ich stehe beim Wasserhahn in Position und warte auf seinen Befehl: »Wasser marsch!«, was auch sofort ertönt. Doch der Schlauch ist zu kurz.

Wir haben noch einen längeren, den holt er nun und siehe da, jetzt reicht das Wasser auch bis zum Feuer hinauf. Und es brennt munter weiter und glüht.

Zaungäste und Gaffer stehen auch schon an der Gartenmauer. »Sollen wir die Feuerwehr informieren?«, rufen sie freundlich lachend meinem Mann zu.

Ich weiß ganz genau, was mein Mann jetzt denkt.

»Gottfriedstutz! Lasst mich doch einfach nur machen.« Hilfe holen, das will er partout nicht hören. Das ganze Quartier ist in Rauch gehüllt, es stinkt und qualmt friedlich weiter. Die Palme sieht richtig trostlos aus. Schwarz und verkohlt. Nur noch drei/vier Palmwedel schmücken die einst mal schöne, stolze Kokospalme. Jetzt aber sieht sie aus, als hätten wir kein Geld für eine richtig schöne Palme.

Heuchlerstaude sagen wir Schweizer übrigens zu so mickrigen billigen, aus drei oder vier Blumen zusammengestellten Blumensträußen, wenn der Mann verstohlen blickend nach Hause kommt und so ein Ding in preisgünstiges Papier gewickelt der Frau unter die Nase hält.

Man kann die Sonntage auch spannend gestalten, geht es mir durch den Kopf und wir warten immer noch auf unser Getränk. Die Hunde sitzen da, verstehen nicht, warum sie geräuchert werden. Wir alle haben nun den Gestank nach Verkohltem an uns. Der Wind trägt Asche auf die Terrasse, Tisch und Stühle.

Bestäubt sitzen wir da, wie mit Asche übergossene Pudel, müssen wir ausgesehen haben.

Nach einiger Zeit kommt mein Mann zurück und ruft: »Feuer im Griff, alles unter Kontrolle.« Jetzt genießen wir endlich in Frieden und Ruhe in Rauch gehüllt unsere ›Coco - Loco‹.

Natürlich sind wir jetzt DAS Tagesgespräch oder gar Wochengespräch im Quartier.

Am Sonntag zuvor hat sich ein großer Bienenschwarm unseren Baum nahe am Haus ausgesucht. Muss ich weiter erzählen. Nur so viel: Es hat noch lange gequalmt. Sehr lange. Die Bienen sind später, nach Stunden erst umgezogen. Wohin, sehe ich durch diesen Nebel nicht. Und immer wieder sonntags kommt die Erinnerung.

31. Neue Freunde

Wir wohnen nun schon etwas länger auf der Insel. Das erste Weihnachten, das erste neue Jahr, Geburtstage, Ostern, Fastnacht, haben wir gefeiert. Erleben immer wieder faszinierendes, Nervenaufreibendes, lernen mit den Verhältnissen hier als normal gelten, umzugehen. Andere Auswanderer lernten wir kennen. Freundschaften wurden geschlossen.

Deutsche, Österreicher, Amerikaner und Dominikaner. Zusammen essen gehen und plaudern. Oder zu Kaffee und Kuchen einladen, eingeladen zu werden.

Mit vielen netten Personen stehen wir bis heute in Kontakt. Man trifft sich privat und hat es lustig. Ein Ehepaar, das wir sehr mögen, sind gute Bekannte. Sie geben Hühner, Zwerghühner und zwei weißen Hunden ein zu Hause. Bei diesen Leuten sitzen mein Mann und ich sehr gerne.

Jochen hat immer viel zu erzählen. Aus früheren Zeiten, als sie noch in Ostdeutschland wohnten. Vom Leben hier auf der Insel, was bei ihnen damals bei der Auswanderung schief gelaufen ist. Oder von seinen Hühnern.

Wieder einmal zieht es uns in ihre Nähe. Sind bei den beiden auf einen Schwatz eingeladen.

Jochen lacht. »Schaut mal, was da abgeht.« Eine große Henne hat sich hingesetzt, ein kleiner Zwerggockel kommt angewatschelt. Hat der Kleine den Größenwahn, weiß er, dass er nicht der Größte ist? Den überkommt irgendwie die Lust auf genau diese dicke, große, fette Henne. Also nimmt der kleine Zwerg-Gockel einen langen Anlauf. Versucht einige Male auf der Henne zu landen. Nach etlichen misslungenen Versuchen gelingt es ihm endlich. Der Zwerggockel sitzt stolz auf der Henne. Diese hat sich bereitwillig so geduckt, wie das eine richtige Henne auch macht, wenn sie Lust verspürt. Doch der kleine Gockel sitzt verkehrt herum auf ihrem Rücken. So reitet der Zwerg-Gockel auf der Henne wie ein Cowboy durch den Garten. Wer reitet da durch Nacht und Wind? Es ist die Henne mit dem Gockel geschwind oder die Schöne und das Biest? Dumm gelaufen würde ich sagen. Man muss sich das Mal bildlich vorstellen. Wir alle halten uns vor Lachen die Bäuche.

Eines der Hühner ist zahm. Man muss aufpassen, wenn Kuchen auf dem Teller liegt. Denn dieses Huhn ist rotzfrech und liebt Kuchen über alles. Britta nimmt das Huhn kurzerhand und stopft es sich unter ihr T-Shirt.

Ein anderes Mal erzählt uns Jochen, wie er und Britta Avocados gepflückt haben. Wohl verstanden:

Die Zwei haben riesige Früchte am Baum. Und der Baum ist sehr hoch. Bleibt noch zu erwähnen, dass Britta Brillenträgerin ist. Jochen steigt mutig auf den Baum, Britta fängt die Avocados in einem Korb auf. Jochen schreit: »Achtung!« Und Britta spurtet an die Stelle, wo die Frucht landen könnte. Das geht alles eine Zeit lang sehr gut. Doch dann steigt Jochen immer höher auf den Baum. Jochen wirft, doch trifft er einfach den Korb nicht mehr. Das ist die Aussage von Britta. Jochen sagt, Britta, rennt viel zu langsam und kann die fliegenden Früchte nicht einfangen. Jedenfalls, Jochen wirft, Britta läuft und die große Frucht knallt ihr ins Auge. Durch die Brille. Die Brille bleibt heil, was für ein Wunder. Aber die arme Britta. Britta sieht tagelang aus, wie Vitali oder Wladimir Klitschko nach einem Boxkampf. Und Schmerzen erleidet sie. Ihr Kopf, der brummt, als sei dort ein Wespennest versteckt. Alles nur, weil Jochen nicht genau zielen kann.

Wieder ein anderes Ehepaar, das wir kennenlernen dürfen, ist sehr interessant. Diese zwei Leutchen sind nicht mehr ganz so taufrisch. Leben schon zweiunddreißig Jahre auf der Insel. Oft erzählen sie uns, wie es früher auf der Insel war. Als es noch nicht diese Straßen gab. Einkaufen konnte man nur in kleinen Läden, Colmados. In diesen Colmados springen Hühner, Katzen, Kakerlaken herum. Reis, Mais,

Bohnen und vieles mehr wird offen in Jutesäcken gelagert. Natürlich gab es damals noch lange nicht alles zu kaufen. Doch die zwei Persönchen schlagen sich wacker durch und erleben sehr viel. Immer wieder ist es sehr interessant, ihnen zuzuhören.

Wieder ein ganz anderes Ehepaar lerne ich bei meinem ersten Termin in der Kosmetik kennen. Diesen Termin habe ich bitter nötig. In der Schweiz hatte ich nie Zeit.

Im Moment sehe ich aus wie ein Porträt für eine Giftflasche. Alle diese Reparaturen, Streichen und Reinigungen. Der Rummel mit den Besuchern und die Arbeit mit den Straßenhunden sieht man mir an. Manchmal trifft man auf jemanden und glaubt, diese Person schon ewig zu kennen. So ergeht es uns zwei Frauen: der Kosmetikerin und mir. Der erste Kontakt - und wir sind uns sofort sehr nahe.

Sabrina hat ungefähr dasselbe durchlebt wie ich. Ihr erster Mann verstarb, an Krankheiten leidet sie, die sich mit meinen ähneln. Den Humor, den wir beide trotz und allem immer noch haben.

Wir beide sind die totalen Hundenarren. Sabrina hat vier Straßenhunde bei sich aufgenommen, die schon einiges mitgemacht haben. Sofort machen wir einen nächsten Termin für Samstag aus, damit sich unsere Männer auch kennenlernen können. Ihr Mann ist Dominikaner, hat über Jahre mit Sabrina in

Deutschland gewohnt und gearbeitet. Er spricht sehr gut Deutsch.

Der festgelegte Tag kommt und siehe da, bei den Männern klappt es genau so rasch. Beide kochen gerne, beide haben in etwa die gleichen Interessen. Diese Freundschaft besteht heute noch. Wir sind ein eingeschworenes Quartett geworden. Einer für alle, alle für einen!

Ab und zu machen die Männer sich einen schönen Tag zusammen. Mein Mann und Juan fahren auf die Reisfelder von Juan. Besuchen die Mutter von Juan. Bei Mama wird natürlich immer ausgiebig dominikanisch gegessen und gesprochen. Mein Mann versteht nichts, doch Juan übersetzt geduldig. Danach fahren die Zwei in die Reisfabrik, bringen jedes Mal Gemüse, Früchte und Reis von ihrer Reise mit. Oder wir vier sitzen einfach nur zusammen und können uns alles erzählen. Besuchen aber auch landestypische Tanzabende in Cabarete. Lateinamerikanische Musik wird gespielt und man kann tanzen, schwitzen oder auch nur zuschauen.

Viel, sehr viel unternehmen mein Partner und ich auch alleine. Jeden Tag spüren wir, dass diese Insel genau das Richtige für uns zwei ist. Beide fühlen wir uns wohl. Kennen genug Leute, mit denen man nett plaudern kann. Wir genießen jeden Tag, als wäre es der Letzte. Die Natur ist wunderschön. Bonita, Joya und dem jungen Rabauken gefällt es, lieben die Hunde doch den großen Garten. Benutzen ihren Hundepool mehrmals täglich. Spielen und toben im Garten herum, dass die Rasenstücke nur so umherfliegen. Man sieht und spürt auch ihre Lebensfreude. Wir glauben sogar, dass Bonita und Joya jünger geworden sind, dank Jacky. Ein bis zweimal die Woche fahren wir mit den Hunden ans Meer. Das ist jedes Mal eine Gaudi. Gesundheitlich geht es uns auch (noch) viel besser, als in der nasskalten Schweiz.

Hier können wir nun genau so leben, wie wir möchten. Sind unserem Ziel sehr nahe gekommen. Es gibt noch Winzigkeiten, die zu erledigen sind. Das hat nun alles auf einmal Zeit. Wissen ja, hier bleiben wir und werden zusammen alt. Nichts und niemand bringt uns zwei dazu, in die Schweiz zu reisen. Wir haben Internet und Telefon, damit der Kontakt in die Schweiz mit Freunden nicht ganz verloren geht. Die Kinder kommen in regelmäßigen Abständen zu Besuch. Nach dieser Zeit hier spüren wir, dass wir genau dieses Leben, leben möchten. Das Positive überwiegt. Endlich sind wir angekommen. Haben zu uns gefunden, schätzen und lieben uns mehr, als zuvor. Haben Zeit für uns und unsere Beziehung. Wir träumen nicht mehr unser Leben, wir leben unseren Traum! Auch wenn manch einer in der Schweiz nicht daran glaubt, dass wir hier bleiben.

Wir haben den Mut gefunden, genau diesen Schritt zu gehen und bereuen keinen Tag. Und noch etwas ganz Besonderes hält uns hier: der Tierschutz. Wir arbeiten freiwillig und ohne jegliche Sponsoren hier. Besuchen zweimal die Woche Straßenhunde. Pflegen diese, geben Medizin und Futter. Bei einem Notfall fahren wir zu einem Tierarzt. Wir haben unseren Platz gefunden. Gutes zu tun, für Mensch und Tier. Einfach glücklich sein. Dafür braucht es keine Millionen auf dem Konto. Nein, das Glück lebt man, wenn man es sieht. Das Glück spielt sich vor allem in unseren Herzen ab. Wir lieben Tiere über alles. Keiner, weder mein Mann noch ich, sind je wieder in die Schweiz gereist. Wer sich davon überzeugen möchte, der reist in die Dominikanische Republik. Zu finden sind wir an der Nordküste der schönen Insel. Was ich noch erwähnen möchte, wir haben ein kleines Gästezimmer. Sind nicht in der Pampa. Puerto Plata hat einen Flughafen. Wer weiß, vielleicht sieht man sich auf der Insel wieder. Wie Peter, Sue und Marc schon gesungen haben: »JEDE BRUCHT SY INSLE!« Träume nicht dein Leben, lebe deinen Traum.

Hätte ich damals gewusst, was für Krankheiten mich auf der Insel heimsuchen, wäre ich wohl niemals auf die Insel ausgewandert. Man kann zum Glück seinen Werdegang nicht voraussehen.

32. Nachtrag

Wir sind sehr dankbar, Gäste in diesem Land zu sein. Auch wenn Vieles am Anfang gewöhnungsbedürftig ist. Das Land bietet so viel Schönes, Sehenswertes. Die Natur ist traumhaft. Wir danken auch allen Freunden und Bekannten, die uns hier geholfen haben. Auch unseren Kindern, die es zuließen, uns gehen zu lassen und die keine Vorwürfe gemacht und uns dabei unterstützt haben, unseren Traum zu verwirklichen. Danke!

Mittlerweile sind fünf Jahre ins Land gezogen. Viel hat sich verändert. Leider lässt mein Gesundheitszustand sehr zu wünschen übrig. Ich war über Jahre in diversen Spitälern auf der Insel. Habe dem Tod in die Augen geguckt. Bin dem Tod in letzter Sekunde von der Schippe gesprungen. Medikamente, die ich benötigen würde, gibt es auf der Insel nicht. So versuchen die Ärzte mit dem, was man hier erhält, mich am Leben zu erhalten. Wie sagt man doch so schön? Es ist nicht alles Gold, was glänzt. Jede Medaille hat zwei Seiten. Zurzeit machen wir uns Gedanken, das Land zu verlassen. Denn die Gesundheit geht vor.

Über die Autorin

Geboren 1954 in Rorschach am Bodensee.

In späteren Jahren begann Ellen Rot für verschiedene Magazine Kurzgeschichten, vor allem über Katzen, zu schreiben.

Im Jahr 2010 wanderte sie in die Dominikanische Republik aus. Dort schrieb sie unter ihrem Realnamen, jetzt nur noch unter dem Pseudonym Ellen Rot.

Das erste Buch ›Ab auf die Insel mit Sack und Pack‹ erschien nach der Auswanderung. Dieses Buch wird nun in einer Neuauflage neu den Markt kommen.

Ihre Biografie ›Voices of Memories‹ ist im Karina-Verlag veröffentlicht. Das Buch ist nicht für Kinder und Jugendliche geeignet.

Unter Realnamen sind verschiedene Geschichten in Anthologien veröffentlicht worden, unter anderem in ›Jedes Wort ein Atemzug‹, ›Geschichten aus aller Welt‹, ›Geschichten aus aller Welt Teil 2‹, ›Winter- und Weihnachts-Geschichten‹, ›Sonnen und Reisegeschichten‹, ›Vergessene Flügel Teil 1‹ und ›65 Autoren schreiben gemeinsam einen Thriller‹.